万国菓子舗　お気に召すまま

お菓子、なんでも承ります。

著　溝口智子

マイナビ出版

Contents

International Confectionery Shop

Satoko Mizokuchi

万国菓子舗お気に召すまま

溝口智子

まあるい桃の実をお祝いに

「荘介《そうすけ》さん、いい加減にしてくださいい！　私だってたまには早く帰りたいんです」

「ごめんよ、久美《くみ》さん。白鷺《しらさぎ》さんの奥さんに捕まっちゃって」

申し訳なさそうに笑う荘介に、久美は、ぷうっと頬をふくらませてみせる。

「また社交ダンス教室に連れて行かれてたんですか？　上手く逃げだして帰ってきてください よ」

「はいはい」

荘介は軽く流すと白帽とコックコートを身につけ、手早く明日のお菓子の仕込みに取りかかった。それはそれは楽しそうに働きだした荘介を見て久美は、本当にお菓子作りが大好きなんだなといつも感心する。一見すると冷たくも見える、ギリシャ彫刻のように端正な容貌の荘介だが、笑顔でお菓子を作っている時は子どものように無邪気だ。

「今日も完売です。豆大福が一番にはけました。明日はちょっと多めに作ってください」

「はいはい」

朝一番に出す人気の豆大福の小豆の準備と、季節を先取りしたチェリーパイの生地づくりを並行して進める村崎《むらさき》荘介は、天神《てんじん》から電車で十分ほどのところにある『万国菓子舗《ばんこくかしほ》　お気に召すまま』という一風変わった名前のこの店の店主だ。お菓子も作れば社交ダンスも踊る荘介は三十代前半で、祖父から継いだ『お気に召すまま』を切り盛りしている。

菓子作りの腕は折り紙付きで和菓子でも洋菓子でも、アラブのお菓子、インドのお菓子、アメリカ、アフリカ、ヨーロッパ、果ては宇宙食までお菓子と名のつくものなら、なんだって作りあげて見せる。ただ、店に並ぶお菓子は売り切りで追加が出ることはない。

それを知っている常連客はほしい商品があると朝一番に買いにくる。常連客の間では、荘介が昼間は店を抜け出していなくなるということは広く知られている。久美は抜けだしていく理由を問いただそうと何度も聞いてみたのだが、いつものらりくらりとかわされていた。そんな荘介の留守をアルバイト店員の久美は一人であずかり、売り子から経理・事務までなんでもこなす。

「春の新作ケーキもそろそろ数を増やさないと」

「はいはい」

久美は、お菓子作りに熱中して久美の言葉に背中で返事している荘介の目の前に、一枚の紙を差しだした。

「それと〝ご予約〟が入ってますよ」

「そうですか！　注文は何かな？」

荘介は嬉々《きき》として予約票を受け取る。自他ともに認めるお菓子バカの荘介は予約されたお菓子を作ることが何より好きで、予約票を見るときはいつも目を輝かせる。

この店のモットーは『客からの予約は一〇〇パーセント断らない』ということ。物語や映画に出てきたお菓子でさえ美味しく作りだしてみせる。

「桃カステラですか。かわいいのを作りますよ」

「それって、かわいいお菓子なんですか？」

「うん、もちろん。カステラを桃に見立てて砂糖菓子で飾った、女の子のお祝いのためのお菓子ですから」

久美は荘介の講釈に「ふん、ふん」と熱心に相づちを打つ。荘介は嬉しそうに桃カステラについて語り続ける。

「桃カステラは長崎ではポピュラーなお菓子なんだ。たいていのカステラ屋さんに置いてある。カステラを桃の形にして砂糖菓子で色付けをするんだ。その上にお菓子で作った葉っぱや枝を飾る。桃の節句やお宮参りのお祝いに使われるんだよ」

「ご予約された春田《はるた》さんは長崎出身なんでしょうか？」

「そうかもしれないね。出身について何か話してなかった？　それと、その春田さんはどんな人だった？　年齢は？　体格は？　それから……」

久美は荘介の問いに答えるために昼間のことを思いおこした。

カランカランとドアベルを鳴らして二十代前半らしい男性が入ってきた。

「いらっしゃいませ」

明るく声をかけた久美の言葉に男性客は丁寧にぺこりと頭をさげて、ショーケースを覗きこんだ。華やかな和菓子や輝くようなケーキたち、はたまた珍しい中華菓子などに目も向けず、素朴なカステラをじっと見つめている。男性はしばらく見ていたが溜め息をつくと無言で店を出ようとした。

「お客様」

久美が声をかけると作業着にスラックス姿でがっしりした体格の男性は肩を落としたまま、いかにも気落ちしている様子で振り返った。こんな顔のまま店から出してなるものか！

久美の闘争心に火がつく。

「なにかお探しですか？」

男性はぼそぼそと答える。

「桃カステラを探してるんです」

「桃カステラですね！　お任せください。当店にないお菓子はありません！」

久美はショーケースに手をついて身を乗りだしたのだった。

＊＊＊

荘介は久美の言葉一つ一つに頷きを返しながら目をつぶってじっくりと聞いている。久美は黒目がちの大きな目を細めて荘介の顔を観察した。

その彫りの深い整った顔立ちは何度見ても飽きない。真顔でいるとその美しさのせいか冷たくも見える顔なのだが笑うと人懐こくなんだか愛嬌があって、荘介の雰囲気を和らげる。常連の奥様方の中には荘介を眺めに店に通っている人もいる。その人たちは「荘ちゃんの色白と栗色の髪はね、ドイツ人のひいおじいさん譲りなのよ」だとか「今、付き合ってる人はいないらしいから、久美ちゃん頑張りなさいよ」などと言って背中を叩いたりと、かしましいことこの上ない。久美はそれらを話半分に聞き、曖昧に受け流している。

久美がいくら待っても荘介は考えに耽《ふけ》ったまま目を開けない。お菓子のことを考えているときはいつもそうだ。何も耳に入らない。久美はさっさと帰り支度を整えると聞こえないだろうとは思いつつ荘介に声をかけた。

「じゃあ、私帰りますんで」

「ちょっと待った久美さん」

返事が来るとは予想していなかった久美は驚いて足を止めた。

「春田さん、お宮参りの内祝いかな？　それとも桃の節句？」

「桃の節句って、もう四月ですよ。福岡城跡なんて毎晩お花見客でいっぱいですよ」

「長崎では旧暦でお祝いするところもあるんだよ」

「え!?　そうなんですか？」

「なにか仰ってなかったかな」

久美はこめかみに指を当てて、うーんと考えこむ。

「そうだ！　お祝いの日は桃の花を飾るって言ってました。桃の節句のお祝いではないでしょうか？」

「わかりました」

荘介は久美に手を振ると腕組みして何やら考えこんだ。久美は邪魔をしないように、そっと店を出た。

＊＊＊

「おはようございまーす」

元気よく挨拶しながら久美が厨房《ちゅうぼう》を覗くと、荘介は昨夜と同じポーズで立っていた。

「荘介さん!?　もしかして一晩中立っとったと？」

久美のたまに出る博多弁に、荘介はちらりと頰に微笑を浮かべる。

「まさか。ちゃんと帰ってちゃんと寝ました」

「それならいいんですけど……。何か考えごとですか？」

「うん。桃型の焼き型がないからどうしようかと思って」

「どうって……、今から注文してたら予約の日に間に合いませんよ」

「だよね。よし、作るか」

久美は目を見開く。

「えええ？　焼き型って作れるんですか？」

「もちろん。もともと人が作ってるんだからね」

「でも、金属とかどうやって切るんですか？」

「金属は使いません」

「じゃあどうやって」

荘介はにっこり笑うと、冷蔵庫から牛乳を取りだした。


「……荘介さん、もう飲めません……」

久美が音を上げたのは牛乳二リットルを飲み干してからだった。

「久美さん、頑張ったねえ。まさか二本飲んでしまうとは思いませんでした」

「だって荘介さんがいっぱい飲めって言うから……。あれ？　ずるかぁ、荘介さん、飲んでないじゃないですか！」

「久美さんの飲みっぷりに見とれちゃって」

ニヤリと笑う荘介に、久美はぷうっと頬をふくらます。

「見物しないでください」

「ははは。でもおかげさまで型が作れます」

荘介は牛乳パックをきれいに洗うとハサミで縦に切り開き、二本の紙パックから細長い紙片を八枚切りだす。中央で二つ折りにして折り目を付けると、端をあわせてホチキスで止めて桃の形に整えていった。

「これであとはアルミホイルを巻き付けたら出来上がり」

久美は口をあんぐりと開けて見つめる。

「なんて簡単な」

「うん。僕も初めて知ったとき、驚きました。さあ、そろそろ店を開けましょうか」

「はい！」

久美は元気よく店舗に出て行った。

開店準備をすませた頃、厨房から甘い匂いがしてきた。久美は顔だけ厨房に突き出す。

「荘介さん、いつものカステラが焼けるときの匂いと何か違いませんか？」

荘介はさも嬉しそうに笑顔で振り向く。

「鋭いですね、さすが久美さん。桃カステラは焼き上がってから砂糖でコーティングするのでザラメ糖を使わないんですよ」

「じゃあ、ザラメが焦げる、香ばしい匂いがしてないんですね。でも良いにおーい」

荘介は久美の言葉に、にこにこしながらボウルの中身をかき混ぜ続けている。

「それは何を作ってるんですか？」

「カステラ生地ですよ」

「え？　今もうカステラは焼いているのに？」

荘介は撹拌《かくはん》された卵が入ったボウルを久美に見せてやりながら答える。

「型が八つしかなかったでしょう。注文の十二個まであと四つ焼かないといけないよね」

「それくらいの計算は私でもできますけど、そうじゃなくて。なんでいっぺんに生地を作っておかなかったんですか？」

「生地を置いておくと、せっかく混ぜ込んだ空気が逃げてしまいます。生地を作ったらすぐに焼いていかないといけません」

説明しながら荘介は、泡立てた卵液が入ったボウルに少しずつ分けて砂糖を入れ、混ぜていく。完全に混ざったのを確認して、とろりとした液体を加えはじめた。

「それはなんですか？」

「水で溶いたハチミツです。これでコクと粘りが出てしっかりした生地になります」

そのときオーブンから焼き上がりを知らせる音がビーッと鳴った。荘介は焼き上がったカステラを型から外し、焼き色が付いた側を下にして網にのせ、冷ましはじめた。取り除いた型からアルミホイルを剥がすと、牛乳パックの型全体を濡れぶきんで拭いていく。

「そのまま使わないんですね」

「熱い型を使うと、焼き上がりが均一にならないからね」

しっかり冷めた紙に新しいホイルを巻く。ボウルに入った卵液に小麦粉を入れ、さくっと混ぜて出来上がった生地を流す。

久美は店舗と厨房をうろうろしながら十二個のカステラが焼き上がっていくのを見ていた。すべて焼き上がり、冷まし終わると、出来上がったカステラを一つずつラップで包んでいく。その様子を見ていた久美に、荘介はにっこりと笑いかけた。

「今日はここまで。明日の朝、これを桃にしていきますよ」

「楽しみです」

久美は両手を打ち合わせ、うんうんと頷《うなず》いた。

＊＊＊

翌朝、久美は桃カステラの製作工程を見ようと、いつもより早めに出勤した。わくわくしながら厨房を覗くと、すでに出来上がった美しい彩《いろど》りの十二個の桃たちが、ずらりと並べられていた。

「あ！　遅かった……」

「どうしたの、久美さん。まだ全然遅刻じゃないですよ」

久美は小さく頭を横に振る。肩の上で髪が力なく揺れた。

「カステラが桃になるところを見たかったんです……」

「ああ、それならもう一つ残ってますから大丈夫ですよ」

「え？　でもご注文の十二個は揃ってますよ？」

荘介はにっこりと笑う。

「久美さん用ですよ。女の子ですから、桃の節句をお祝いしよう」

久美はぱっと目を輝かせる。

「ほんとですか！　嬉しいです」

ちょこちょこと調理台に近づくと、荘介の手元を覗きこむ。最後の一個のカステラは表面がうっすら白く塗られていた。

「その白いのはなんですか？」

「フォンダンです。砂糖と水飴を煮詰めたものです。砂糖が微細結晶化して白くなります。溶けて温かいうちにカステラ表面に付けておくんですよ」

「ビサイケッショウカ？」

「うん。お砂糖さんが、頑張ってね、ぎゅうっとね、頑張ってくれてね……」

「わかりました。もういいです。私、幼稚園児じゃないんで。辞書引きます」

久美をからかってニヤニヤ顔の荘介は手にした刷毛《はけ》で桃の先端に、さっと真っ赤な色を付ける。

「桃なのに真っ赤なんですか？」

「まあ、見ててください」

カステラを逆さにするとフォンダンにつけてすぐ引き上げる。赤の上に半透明の白がかかり、美しい桃色が出来上がった。

「すごかぁ！　きれいですね」

「あとは葉っぱと枝を飾ったら出来上がり」

細かい細工で葉脈が切りこんである緑の寒天を二枚と、白餡《しろあん》を茶色に着色して形作った枝を桃の丸い部分に貼りつけると、久美の方へ正面を向けて見せた。久美は嬉しそうな笑顔で荘介を見上げる。

「かわいいです。ほんとに私がもらってもいいんですか？」

「もちろん」

「今すぐ食べてもいいですか？」

両こぶしを握りしめた久美の瞳が力強く桃カステラに突き刺さる。

「もう少し冷めてフォンダンが固まってからにしましょう。そのほうがより美味しいと思いますから」

「はーい」

久美はしぶしぶといった顔で調理台から顔を離した。

「そういえば荘介さん。なんで女の子の節句は桃なんでしょう？　桃太郎の話もあるし、男の子でもいいのかなって思うんですけど」

「桃は中国原産で、中国では西王母《せいおうぼ》という神様が不老不死になる桃の木を持っているという伝説があるんだ。その女神様の誕生日が三月三日なんだとか。それから、桃は数が多く実ることが多産の象徴になっていて、桃の葉や実を女性に見立てた『桃夭《とうよう》』という漢詩が、古くから結婚のお祝いで歌われていたそうだよ。そのあたりから桃に女性のイメージがついたんじゃないかな」

「それが日本にも入って来たんですか」

荘介は調理器具を片付けながら言葉を続ける。

「桃は花も葉も種も漢方薬に使われるし、厄を祓うとも言われる。いいことづくめだよね」

「それに美味しいですし」

「久美さんにとってはそこが一番大事でしょう」

失礼な、それでいて的確なことを晴れやかな顔で言う荘介に、久美はちょっとふくれてみせて店舗へと戻っていった。

＊＊＊

昼過ぎ、春田が店にやって来た。桃カステラの箱を開けて中身を確認してもらう。

「ああ、これです、これです！　きれいですねえ」

春田はうっとりとカステラを見つめる。

「春田さんは桃カステラがお好きなんですか？」

恥ずかしそうに首筋を掻《か》きながら、春田は困ったような顔をして笑う。

「じつは食べたことはないんですよね」

「え？　なんでですか？」

「うちの父が厳しい人で、桃カステラは女が食べるものだって言って買ってくれなかったから、ですね」

久美は首をかしげる。

「今回のご注文はご自分の分は？」

「いやあ、なんだか気恥ずかしくてですね。ひな祭りのお祝いにきてくださる女性の分だけなんです」

目をくるりと動かして一瞬考えた久美は、春田を待たせて厨房に駆けていった。調理台に置いてある桃カステラを皿にのせると、店舗に戻り、イートインスペースの小さなテーブルにコーヒーとともに置いた。

「どうぞ、ご試食ください」

「え、いいんですか？」

「はい、どうぞ」

春田は小さくぺこぺこと頭を下げながら椅子に座り、桃カステラにフォークを刺しこんだ。やわらかなフォンダンがほろりと崩れ、ふわりとしたカステラがフォークを包む。春田は丁寧に丁寧にひと口大に切った桃カステラを、ちんまりと口に入れて慎重に噛《か》んでいた。

「はー、美味しいですね。しっとりしていて、ふんわりで。桃の絵の部分はシャリシャリするんですね、初めて知りました。やっぱりこんなに美味しいものだったんだ」

久美はにっこりと笑う。

「お気に召していただけてよかったです」

春田が桃カステラの箱を抱えて、何度も頭を下げて帰っていく背中を見送り店に戻ると、久美は深い溜め息をついた。

「どうしたんですか、久美さん。そんなに落ちこんで」

カランカランというドアベルとともに帰ってきた荘介が久美の顔を覗きこむ。久美は泣き笑いのような表情を浮かべている。

「桃が流れていったとよぉ……」

久美はテーブルを指差す。そこには桃カステラの包み紙と空のコーヒーカップ。荘介は久美の頭をぽんぽんとすると優しい笑顔で頷く。

「もう一つ、桃カステラ、作ってあげますよ」

「いいんです」

「どうして？」

久美は溜め息をつく。

「春田さんが、今日が旧暦の桃の節句だって言ってたんです。桃カステラ、明日もらったら困りますもの」

「なんで？」

「日にちを過ぎて雛祭りのお祝いをしたら、お嫁に行き遅れるって聞きますから」

「それならぜひ明日、お祝いしましょう」

久美はちらりと横目で荘介を見やる。

「荘介さん、私がお嫁に行くのが嫌なんですか？」

「はい」

久美は緊張して聞く。

「ど、どうして？」

「久美さんにはいつまでも、この店で働いていてもらいたいですから」

荘介はほがらかに笑う。

「あ、そ、そうですよね。お仕事の話ですよね」

久美は、あははは と力なく笑いながらテーブルの片づけにとりかかる。その後ろ姿を見つめて、荘介は愉快そうに微笑んだ。

さくら咲いたよ、春来たよ

今日のミッションは蓬《よもぎ》狩りだ。久美は肩上の髪を踊らせながら、野原に無尽蔵に生えている蓬を摘んでいく。蓬餅の注文に、酔狂な店主、荘介は摘みたての蓬で餅を作りたいと店を一日休みにして久美をつれて電車にゆられて、宝満山《ほうまんざん》の麓までやってきた。

「荘介さあん、もう腰が痛くなりましたあ」

久美が泣きごとを言ったのは摘みはじめてから一時間後。霜が溶けて日差しが体を温めはじめた頃だった。荘介は笑いながら腰を伸ばした。

「ちょっと休憩しましょうか」

「はい！」

二人は草原を抜け、川べりの土手に腰を下ろした。荘介が、持ってきていた大きめのバッグから魔法瓶と紙コップを取りだす。

「なんですか、それ？」

紙コップの中身をしげしげと見て久美が質問する。中に入っているのは濃いピンクのしなびた葉っぱのようなものだった。

「当ててみてください」

荘介は紙コップに魔法瓶からお湯を注いだ。ピンク色の何かがふわりと開いていく。

「桜の花！」

「正解です。桜の塩漬けですよ。それを塩抜きしてお湯を注いだものを桜茶と言います。縁起がいいので結婚式などで出されることもあるんですよ」

コップを受けとり香りを嗅いだ久美は、猫のように目を細めてうっとりとつぶやく。

「うわあ、桜餅の匂いがします」

「久美さんは花より団子ですね」

「どうせ食い意地が張ってますよー」

久美は拗《す》ねてそっぽを向く。荘介はにこにこと笑う。しばらく休憩して、その後また一時間頑張って蓬を摘み、春の香りをつれて店に帰った。

『お気に召すまま』は荘介のドイツ人の曾《そう》祖父が始めたもので、大正時代から歴史を刻んでいる。曾祖父に似た荘介は栗色の髪と真っ白な肌、彫刻のような整った顔立ちで、店に多くの女性の常連客を作っている。

マダムキラーだと近所でも知られていたが、それ以上に腕がよく、久美などは小さな頃からこの店のファンで、子どもの頃からの夢は『お気に召すまま』で働くことだった。

その夢がかなった今、久美は店の仕事に心血を注ぎ、常連から愛される存在になった。そんな久美に荘介は全幅の信頼を寄せている。


店に帰ると、閉まったシャッターの前に長身の男性が立っていた。がっしりした体格で着古したジーンズがよく似合う。日に焼けて目鼻立ちがしっかりした顔にはエキゾチックな雰囲気があった。荘介が軽く手を振り陽気に声をかける。

「どうしたの、斑目《まだらめ》。悪いことして先生に立たされてるのかな？」

「そうそう。久美先生に叱られてな」

久美はむっとして斑目を軽くにらむ。

「立たせたりしません。というか、どんな悪事を働いたか知らんけど、私が陰険教師みたいに聞こえるのでやめてください」

久美はつんと顎を上げて店の裏口に回る。斑目は荘介と並んで久美の後についていく。鍵を開けた久美はくるりと振り返ると、しっしっと斑目を追い払う仕草をした。

「ここからは関係者以外立ち入り禁止です！　表からどうぞ」

「表、シャッター閉まってますけど」

「今日は臨時休業ですけんね」

「まあまあ、久美さん、意地悪言わないで。斑目だって役に立つんだから」

斑目は鼻の付け根に皺《しわ》を寄せて、いかにも嫌そうな顔をする。

「何をさせる気だ？」

荘介は抱えてきた蓬入りの籠を嬉しそうに掲げて見せ、にっこりと笑う。

「春を感じてもらおうと思って」

＊＊＊

擂《す》り鉢と格闘していた斑目の手元を覗いた荘介がうん、と頷くと斑目は深く息をはきながら擂り粉木《こぎ》から手を離した。

「まったく、荘介は人使いが荒すぎる」

「働かざる者食うべからずだよ」

荘介は擂り上がった蓬を餅につきこんで餡をくるみ、あっという間に試作の草餅を作り終えた。久美と斑目は試食にもらった草餅をひょいと口に放りこむ。もぐもぐと噛んでいる久美に荘介が尋ねた。

「お味はいかがですか？」

「春の味がします」

「蓬の草餅もいいが、俺は母子草《ははこぐさ》の草餅も好きだな」

斑目の言葉を聞いた久美は、荘介に尋ねる。

「母子草ってなんですか？」

「久美ちゃん、なんで俺に聞かんと？　食い物のことなら、フードライターの俺の出番ぞ」

「だって、いつも質問してもちゃんと教えてくれないじゃないですか」

「そんなことないぞ。母子草って言うのはな、別名、御形《ごぎょう》。春の七草の一つで漢方にも使われる。昔は蓬じゃなくて母子草の草餅が作られていたんだが、母子をつくなんて縁起が悪いとか、味や舌触りがよくないとかいう理由で蓬にとって代わられて……」

「荘介さん、蓬の草餅、むちむちして餡がなめらかで、すっごく美味しいです」

「それは良かった」

「おい、ふたりとも少しは話を聞いてくれんか？」

三人はわいわいと春の味を堪能した。


翌日、久美の舌を信用している荘介は好評に満足してたくさんの草餅を作った。というか作りすぎた。予約分の配達に行った荘介が留守の間に、久美は店の扉に貼り紙をする。

『草餅あります』

いかにも春といった貼り紙につられて常連のひとり、近藤美和《こんどうみわ》が入ってきた。華やかなピンクのスプリングコートを着ていて、六十代とは思えないほど若やいで見えた。

「いらっしゃいませ」

久美はサービスのお茶を入れると、美和に手渡す。

「あら、桜茶？」

「はい、春らしくしてみました」

「うちも孫のお節句に使ったとよ」

美和は溶けてしまいそうなほど嬉しそうに孫のことを語る。ふくよかな頬がいっそう丸みを帯びる。

「お孫さん、おいくつですか？」

「十歳、小学校四年生になったとよ。子どもが大きくなるのって早かよぉ。つい最近まで赤ちゃんだと思っとったのにねえ」

嬉しそうに笑う美和につられて久美も笑顔になる。

「ねえ、ところで草餅、すごい量やない。いくら食べても食べきれんっちゃない」

ショーケースの中の山積みの餅を指して美和が溜め息をつく。

「頑張って蓬を摘みすぎちゃったんです」

「あらあ、今時蓬採りなんて風流やねえ。私なんか五十年くらい前にしたっきり、もう摘み方も忘れとうよ」

そう言って美和はケタケタと笑う。久美もふふふと笑う。春の陽気に似合う和やかな空気の中、美和は一口大の草餅を二十個買って帰った。

そうやって常連がつぎつぎ訪れて草餅は案外早くに売り切れてしまった。草餅のために製作数が少なかった他の商品も早々に売り切れた。早めに店を閉めようと久美が貼り紙を剝《は》がしていると後ろから声をかけられた。

「あの、その草餅ってまだありますか？」

振り返ると、走ってきたらしく息を切らしたジャージ姿の少女が立っていた。高校生くらいだろう、よく日に焼けた肌は運動部のように見えた。

「今日は商品全部、売り切れちゃったんですよ」

久美の答えに少女はがっくりと肩を落とし、去ろうとする。久美は少女に声をかけた。

「待って。何か大切な用なん？」

少女は泣きそうな顔で頷いた。

久美は少女を店内のイートインスペースに招き、桜茶を出した。少女は相良《さがら》ひかると名乗った。ひかるはじっと、揺れる桜の花を見ていたが、ぽつりぽつりと話しだした。

「部活の友だちと、明日お花見する約束なんです。それで、一人一品、手作りの食べ物を持ち寄ってパーティーしようってことになったんですけど。私最近、ハブられてるっていうか、浮いてるっていうか、ちょっと空気が変なんです」

「変って？」

「なんて言ったらいいか……。私が喋《しゃべ》るの下手なせいかもしれないんですけど……。話を聞いてもらえない、みたいな」

ひかりは俯《うつむ》いてしまい、声もだんだんと小さくなる。

「それで『あんたは和スイーツ持ってきてよ』って、なんか無理矢理決められちゃって。でも私、和菓子なんて作ったことないから……」

ひかるの話に久美が困っていると、カランカランとドアベルを鳴らして荘介が配達から戻ってきた。顔を上げた少女は荘介の顔をぽかんと見つめる。荘介はにっこり笑って小首をかしげる。

「僕の顔になにか付いてますか？」

ひかるは、はっとして、慌てて首を横に振った。女性が荘介の美貌に見とれることは珍しくない。それを知っていながら堂々としらばっくれる荘介に、久美はあきれるをとおりこして感心してしまう。

「荘介さん、和スイーツのご注文が入りました」

ひかるが久美の顔を不思議そうに眺める。

「え、でも売り切れたんじゃ……」

「当店はご注文いただいた商品は必ずご用意いたします」

力強い荘介の言葉にひかるは、ほっと息をついた。


「お花見は明日なんだね？」

ことのあらましを聞いた荘介はひかるに尋ねた。

「はい、明日のお昼にみんな集まるから」

「じゃあ、明日の午前中、一緒に作りましょう」

「え？　一緒にって……」

久美がひかるの顔を覗きこむ。

「手作りのものを持ち寄るんでしょ？」

「だけど私、和菓子なんか作ったことないし……」

「洋菓子なら経験あるの？」

「経験というほどではないです……」

ひかるは下を向いて消え入りそうな声でつぶやいた。荘介は優しく微笑むと腰をかがめ、ひかるの目線に合わせて声をかける。

「作ったことがあるのは何かな？」

「クッキーとか……、ロールケーキとか」

荘介は顎に手をあてしばらく考えた。

「よし、じゃあ蓬と桜のロールケーキにしよう」

ひかるは首をかしげる。

「蓬と桜、ですか？」

「うん。緑色の蓬入りスポンジ生地で、桜の塩漬けでピンク色にした生クリームを巻くんだ。これなら和でしょ」

ひかるは少し考えてから、ためらいがちに頷く。

「でも、作ったことはあるけど美味しくなかったんです。うまく作れる自信ないです」

「大丈夫」

久美がばん！とひかるの背中を叩《たた》き、力強く断言する。

「うちの店主はお菓子にかけては名講師だから。教わりながら作れば大丈夫！」

ひかるは心配そうに眉を寄せながらも、こっくりと頷いた。

すでに夕方近かったが荘介とひかるは一緒に蓬を摘みに行った。ひかるが竹製のザルを持って荘介について歩く。

「ひかるさんは蓬を見たことありますか？」

ひかるは恥じいるように、黙って首を横に振る。

「『そりゃ草だわなこんなのが嫁菜』という川柳があります」

「よめな？　なんですか、それ」

「キク科の多年草です。この川柳は江戸時代のもので、江戸住まいの都会人が嫁菜のことを八百屋の主人にでも教えてもらっている様子なんでしょう」

「江戸時代の人なのに草のこと知らないんですね」

「人はみんな最初は何も知りません。いろんな経験をしていろんな人から教えられて少しずつ身に付けていくんです。さあ、着きました。この野原で蓬を摘みます」

一面の緑を見てひかるは途方にくれた。

「どれも同じ、ただの草に見えます……」

「そうです、みんなただの草です。けれどみんな名前があります。知ろうと思ったら覚えればいいんですよ」

荘介はしゃがみこんで一枚の葉をちぎってひかるに見せた。

「これが蓬。葉っぱが羽根のように広がっていて葉の裏が細かい毛で白くなってる。ちぎると独特の香りがするよ」

ひかるは蓬を受けとると鼻に近づけ匂いを嗅いだ。

「ほんとだ、蓬餅の匂い……。でも、こんな草がどうして美味しくなるんですか」

「それは明日になってからのお楽しみ。今日は蓬をたくさん摘んで帰ろう」

二人は手分けして、蓬を山のように収穫した。ひかるはこんもり蓬が積まれたザルを持ち、ウキウキとした様子で歩きだした。店に戻り、蓬に付いていたゴミをざっと取りのぞく。その作業までこなしてから、ひかるは家に帰っていった。

＊＊＊

翌日、早朝から店にやって来たひかるは準備してきたエプロンと三角巾を身につけて、ジャージの袖をまくった。

「それじゃあ、始めよう。まずは蓬をきれいに洗いましょう」

ひかるに大きなボウルと蓬の入ったザルを渡し、荘介はにこにこと見守る。ひかるは冷たい水に手を突っこんで一枚ずつ丁寧に洗っていく。

「洗い終わったらお湯を沸かして蓬を茹《ゆ》でていきます」

ひかるが鍋や菜箸を上手に扱う姿を見て、荘介は感心して声をかけた。

「ひかるさんは料理が得意なんですね」

「得意ってわけじゃないですけど……、家でたまに……」

恥ずかしそうに俯くひかるの声は、掻き消えそうに小さい。

「おはようございまーす」

対称的に明るい大きな声で挨拶しながら久美が厨房に顔を出した。

「久美さん、ひかるさんはなかなかの料理上手ですよ」

ひかるは慌てて菜箸を振って荘介の言葉を否定する。

「そんな、そんなことないです……全然、私なんか」

後ろ向きな言葉を口にしながらも、ひかるは的確に蓬を茹で、水にさらした。荘介の指示で蓬を絞り、擂り鉢で擂る。

小麦粉と米粉を合わせてふるっておく。卵を卵黄と卵白に分ける。卵黄にはペースト状になった蓬と砂糖を少しずつ加え泡立てていく。泡をつぶさないように粉類を入れて、さっくり混ぜる。卵白にも砂糖を少量ずつ加えながら泡立て、緑色になった卵黄と混ぜて型に入れ焼いていく。

ひかるは焼き上がりを待つ間に、てきぱきと使い終わった道具を洗う。その様子をずっと見ていた久美が口を挟んだ。

「すごい、無駄がない。どうやったらそげん料理上手になれると？」

「料理上手だなんて……、私なんかだめです」

「あのね、私はほんとに教えてほしいって思っとうと。お世辞なんかじゃないけんね」

久美はひかるの目を見つめる。ひかるはしばらく迷っていたが、やがてはっきりと話しはじめた。

「頭の中で順番を決めるんです。これが終わったら、これって。それだけなんだけど、でもそうすると早く片づくんです」

久美はうんうん、と何度も頷く。ひかるの声がだんだん大きく、力強くなっていく。

「今日は荘介さんが順番を教えてくれたから、いつもより簡単に動けた気がします」

ひかるが荘介をちらりと見ると荘介はにこりと笑いかけた。ひかるは恥ずかしそうにまた下を向いてしまったが、背筋はピンと伸びていた。

焼き上がった生地を、こんがりした焼き面を上にして冷まし、その間にクリームを準備する。水洗いした桜の花の塩漬けを、五分ほど水に浸け塩抜きをする。その間に生クリームを泡だてる。数回に分け砂糖を加えながら五分立てにしておく。塩抜きが終わった桜の花びらからガクを取りのぞき、細かく刻む。生クリームと混ぜ、八分立てまで泡立てる。

冷めた生地にほんのり桜色になったクリームを塗り、巻いていく。巻き上がったら形を整えるためにワックスペーパーで包み、三十分ほど冷蔵庫で寝かせる。

冷蔵庫の扉を閉めたひかるは、そっと溜め息をついた。

「疲れましたか?」

荘介が聞くと、ひかるは首を横に振る。

「ほっとしたんです。私でもちゃんとできたって。教えてもらえばなんでもできるような気がして」

久美が紅茶を淹れながら言う。

「何かを学ぶってすごいことよね。きちんと聞いて、きちんと考えて、きちんと言われたとおりにできるようになるっちゃもん。高等技術だよ」

ひかるがくすっと笑う。

「高等ですか？」

「そう。さあ、待っている間、お茶にしましょ」

三人は調理台の隅に椅子を置き、静かに紅茶を飲む。ひかるは紅茶のカップをしばらく手で包みこんで黙っていたが、そっと顔を上げ荘介を見つめた。

「どうしたらそんなふうに人に親切にできるんですか？」

「親切？　僕が？」

「蓬のことも、ロールケーキの作り方も教えてくれて、優しくしてくれて……。私なんか何もできなくて邪魔なのに」

荘介は優しく微笑む。

「何もできないなんて、そんなことない。泡立ても包丁の使い方も丁寧でした。蓬の茹で方だって申し分なかった。それに、ひかるさんはお菓子作りが好きでしょう？」

ひかるは戸惑いながらも頷いた。

「お菓子が好きで、お菓子作りが好きな人を、僕は仲間だと思っていますよ」

「なかま……？」

「そう。お菓子仲間です。ひかるさんは僕を仲間と思ってくれますか？」

ひかるは真面目な顔でこっくりと頷く。

「じゃあ、私も仲間に入れて」

ひかるは久美の顔を見て、やはりこっくりと頷いた。


冷え固まったロールケーキの端を切り、みんなで試食する。

「美味しい……、すごい美味しい」

ひかるが目を輝かせる。

「ほんと！　桜の生クリームがふんわり香って蓬生地のうっすらした苦みとすごく合う。ひかるちゃん、大成功やね」

ひかるは恥ずかしそうに俯き真っ赤になったが、口元は嬉しそうにほころんでいた。


久美からかわいらしくラッピングされた包みを受けとり、ひかるは財布を出した。

「代金は、おいくらですか？」

「今回は代金はいりません」

「え？」

「え？」

ひかるの声と久美の声がぴったりと合った。

「ひかるさんが摘んだ蓬でひかるさんがケーキを作ったんです。そのケーキの権利は全部ひかるさんにありますよ」

「権利ですか？」

　ひかるが首をかしげる。

「はい。全権委任します。そしてロールケーキマスターの称号も授与します」

「ありがとうございます！」

　ひかるはにっこりと笑うと、気持ちのいいお辞儀をして店を出て行った。

「あーあ。売上なしかあ」

　ひかるの背中を見送った久美が溜め息をつく。

「そんなに落ちこまないで、久美さん。ひかるさんは、代金以上の素晴らしい働きをしてくれましたから」

「素晴らしい働きですか？」

「はい、蓬をこんなに採って、全部擂ってくれました」

　荘介は大きなボウルにいっぱいの蓬を久美に見せる。

「……それ、ロールケーキ何個分の蓬ですか？」

「うーん、二十本はいけるかなあ」

「貼り紙、しときます！」

　その日、店の扉には『桜蓬のロールケーキ大特価セール！』の朱文字が踊った。

三つのサバランの謎

「サバランはありませんか……」

カランカランとドアベルを鳴らして入ってきた客を見て、久美は内心ぎょっとした。

長く垂れた黒髪が顔を隠し、全身黒づくめのその客は映画に出てくる幽霊か何かのように見えた。博多どんたくで湧く街中を通ってきたとは思えないほど、暗い雰囲気をまとっている。

久美の目が猫のようにくるりと動いたが動揺はそれだけに留《とど》め、普段どおりの笑みを浮かべることができた。久美は自分の接客技術に胸を張る。

「サバランは……」

言いながら、その女性客は商品が並ぶショーケースをちらりと見やった。そのラインナップにサバランは入っていない。

「やっぱり……、こちらでも置いてないですよね」

女性は踵《きびす》を返すとドアに向かう。

「待って！」

久美が叫ぶように呼ぶと、女性はぴたりと足を止めた。久美は力強く女性を見つめる。

「うちにないお菓子はありません！」

＊＊＊

予約票を持って厨房を覗くと、やはり今日も荘介の姿はなかった。久美はぷうっと頬をふくらませ店舗に戻る。

高校卒業から四年、久美はバイトでありながらこの店の番頭のようになっていた。店主がいなくても店を切り盛りできる。けれど、もちろんお菓子作りのことは荘介一人の腕にかかっているわけで、なんとしても予約のことを伝えなければ帰れない。

そんなこんなで今日も店主の遅い帰りを待って残業になってしまい、帰ってきた荘介を捕まえて小言をくりだした。

「荘介さん、私だってたまには早く帰りたいんです」

「ごめんね、久美さん。有村《ありむら》さんに捕まっちゃって」

荘介はにっこり笑って悪びれもせずに言う。久美は軽く溜め息をつく。

「また囲碁《いご》ですか。そんな楽隠居みたいな生活は、ほんとに隠居してからにしてください」

久美は、そ知らぬ顔をする荘介の背中に話しかける。

「今日も完売です。ブルーベリータルトが一番になくなりました。明日はもうちょっと多めに作ってくださいね」

「はいはい」

荘介はさっきまでサボっていたとは思えないてきぱきとした動きを見せ、明日の仕込みに取りかかった。

「初夏の新作ケーキもそろそろ店頭に並べないと」

「はいはい」

「それと、予約注文が入りました。三個のご予約です」

言いながら予約票を差しだす。荘介は予約票に書かれた文字を読むと、昔馴染みに会ったかのような笑顔を浮かべた。

「サバラン。これはまた、懐かしい名前を聞いたなあ」

「知ってるんですか？」

「もちろん。クラシカルなケーキの代表格だよ。サバランというのはフランスのお菓子でね」

目を輝かせ語りだした荘介に、帰り支度を済ませてしまっていた久美は、やや迷惑そうな溜め息をついてみせる。けれど荘介はお菓子のことを語りだしたら周りが見えなくなってしまう。そんな久美の様子に気付きもせず嬉しそうに言葉をつむぐ。

「ブリオッシュ生地にラム酒かキルシュ酒で香りづけしたシロップを染み込ませてクレーム・シャンティイと果物で飾りつけるんだ。名前の由来はジャン・アンテルム・ブリア＝サヴァランというフランスの美食家で、彼は法律家でもある。彼の著作の『美味礼讃《びみらいさん》』には多くの格言が……」

「荘介さん」

久美の断固とした呼びかけに、荘介はきょとんとした表情で言葉を止める。

「サバランさんの話はまた今度で。私帰りますね。それと、ご予約のお客様、五日後に取りに来られます」

「わかりました。それと、久美さん」

「なんですか」

厨房から出ていこうとしていた久美は振りかえる。

「予約票にアルコール抜きでと書いてありますが、そのお客さんは女性？　男性？」

「女性です」

「髪は何色？　どんな服装だった？　表情は明るかった、暗かった？　それから……」

久美はまた溜め息をつく。残業時間がまた延びた。しかし店主のこだわりのためだ、それは久美にとっても大事なことなのだ。微笑を浮かべ答えていく。

「予約のお客様は城戸《きど》麻美《あさみ》さん。三十代前半くらいでストレートの長い髪が真っ黒で、黒いレースがついた真っ黒の、ハイウエストでゆったりしたロングのワンピースを着てました。顔も見えないくらい下を向いたままでした。サバランはご主人と二人で食べたことがある思い出のケーキだって言ってました。それで……なんだか泣きそうでした」

「泣きそう？」

「はい。なんというか、気配が」

荘介は腕を組み、美しい形の眉を寄せ、しばし考えてから口を開いた。

「そのお客さん、ワンピースだって言ってたけど、靴はハイヒールだった？」

「そういえば服に似合わない、高さのない靴でしたけど……」

「もしかしてカバンも靴も黒で、アクセサリーはなし？」

「はい」

「予約は三つで間違いないんだね？」

「はい、そうですよ」

荘介は無言で久美に手を振ると、本格的に考えごとに耽っていった。

＊＊＊

予約の日、珍しく荘介は店にいた。その珍しさに落ちつかない久美は、チラチラ荘介を横目でうかがいながら、意味もなく厨房と店舗を行ったり来たりしていた。

「久美さん、忙しそうですねえ」

荘介は店の隅のイートインスペースでのんびり新聞を広げている。

「い、いろいろ仕事が立てこんでまして」

そのとき、カランカランとベルを鳴らして予約の客、城戸麻美が入ってきた。今日も全身真っ黒で、俯いている。

「あの……、予約しております……」

「お待ちしていました。こちらへどうぞ」

荘介はさっと立ちあがると、店内のテーブルではなく厨房へ麻美を案内した。調理台の前に折り畳み式の椅子を置き、麻美を座らせる。業務用の冷蔵庫からサバランを取りだし、麻美の前に置いた。

「こちらがご注文の品です」

麻美はサバランを無言で見つめていたが、唐突に涙をこぼした。久美は驚いて声をかけようとしたが、荘介が静かに首を横に振る。二人は麻美のために厨房をあけて店舗に移動し、彼女が泣きやむのを待った。

ハンカチを口に当てている麻美に久美が温かいおしぼりを手渡すと、麻美はそれを赤く腫《は》れたまぶたに押しあてた。

「ごめんなさい、泣いたりして」

荘介は麻美に微笑んで静かに頷いてみせる。久美がコーヒーを麻美の前に置く。麻美は小さく頭を下げたが、口は付けなかった。

「亡くなった夫が、私にサバランを買ってくれたんです」

麻美はコーヒーの湯気に語りかけるかのように小さな声で語りはじめた。

「東京で暮らしているとき、お給料日にはいつも彼がサバランを買ってきてくれました。夫が私が大好きだったから。二つのサバランをテーブルに置いて、一緒に食べたんです。

病気で入院したとき、サバランを三つ買ってきてほしいって言ったんです。私と一緒に食べたいって。だから今度買ってくるねって約束したんです。けれどその夜、容体《ようだい》が急変して……。私は約束を守れなかった」

麻美はますます深く顔を伏せた。

「お葬式が終わって、福岡に一人で帰ってきて。でもずっと彼のこと、サバランの約束のことが忘れられなくて……。それでサバランを探して歩いたんです。もう何もかも遅い、間に合わなかったのに……」

「僕はそうは思いません」

荘介の優しい言葉に麻美はそっと顔を上げる。

「『誰かを食事に招くということは、その人が自分の家にいる間中、その人の幸福を引きうけるということである』とブリア＝サヴァランは言いました。あなたのご主人は病院の小さなテーブルの上でさえも、あなたの幸福を引きうけて、あなたの笑顔を生みだしたかった。病院の小さなテーブルを幸せで満たしたかった。彼が最期まで望んだことはあなたの笑顔だったのでしょう」

「私の、笑顔……？」

「そしてあなたは、彼のためにサバランを贈ることを約束した。その時点で彼の幸福を受けとった。だから彼は約束を待つ間、とても幸せだったのではないでしょうか」

麻美はサバランをじっと見つめる。

「どうぞ召し上がってください。洋酒の替わりにオレンジのシロップを使っています。お好みの味になっているといいのですが」

麻美は「ありがとうございます」と小さく頭を下げ、何も言わずにフォークを取りサバランに向かい合った。ブリオッシュ生地の丸いケーキの真ん中にぽっこりと開いた丸いくぼみ。そこにたっぷりの生クリーム。その上にはみずみずしいオレンジがひと切れ。生地は染みこませたシロップでつやつやと輝いている。

麻美は手にしたフォークでケーキの真ん中から右端へ切りこみを作る。生クリームがとろりとこぼれ出す。フォークは一度抜かれ、今度は真ん中から下へ。ちょうど四分の一だけ切りとると、そっとすくって口に運ぶ。麻美がサバランを食べてまた泣いてしまうのではないかと久美は緊張して見つめた。

麻美は俯いて、じっくりとその一口を嚙みしめた。

「美味しい……」

麻美の顔に、初めて幸せそうな微笑みが浮かんだ。

「私、夫のためにサバランを探し続けていると思っていました。けれど違ったのね。彼が私に贈ってくれた幸福を探していたんだわ。もうとっくにもらっていたのに」

麻美はゆっくりとサバランを食べ終えると荘介を見上げた。荘介はにっこりと頷く。

「あとの二つはお持ち帰りになりますか？」

麻美は首を横に振る。

「一つだけ、もう一つだけを持って帰るのでもいいですか？」

荘介が頷き、久美はサバランを大事に包んだ。

麻美がケーキの箱を抱えて帰ってから、久美は一つだけ残ったサバランを荘介から手渡されて頬ばる。

「そういえば、麻美さんのご主人、どうしてサバランを三つって言ったんでしょうか。ご主人と麻美さんで食べるなら二つで良かったんじゃないですか？」

「それは多分そのとき、麻美さんにはもう幸せが宿っていたからじゃないかな」

久美は首をひねる。荘介はそれ以上何も言わず、いたずらっぽく笑った。

＊＊＊

「こんにちは」

数ヵ月後、カランカランと鳴ったドアベルの音に振り返った久美は驚いて目を見開いた。白い服を着て髪を短く切った麻美が、赤ん坊を抱いて店に入ってきたのだ。

「麻美さん、お子さんがいらしたんですか？」

「こちらでサバランをいただいてから、しばらくして生まれたの」

「あ！　じゃあ、ご予約いただいた三つのサバランのうち一つは、お腹の赤ちゃんのためだったんですか」

「ええ、そう。おかげさまで元気な子が生まれました」

麻美は赤ん坊の顔を久美に見せた。

「男の子なの。主人と同じ名前をつけたのよ」

「なんていうんですか？」

「将来の将という字で〝すすむ〟って読むんです」

「将来に進むんですね、良いお名前ですね」

久美は将と目を合わせ手を振る。将はぽかんと久美を見つめている。

「今日は予約に来たんです」

麻美の言葉に久美はしゃっきりと背を伸ばした。

「はい！　何をご用意いたしましょう」

「サバランを二つ。お酒を使わずに作ってください」

「お酒を使わずに？」

「私が酔っちゃったら、この子もお乳で酔っぱらっちゃうでしょう？」

嬉しそうに笑う麻美に久美も笑顔で頷いた。

思い出のコーヒーゼリーを、君と

カランカランという音とともに、少女が店に入ってきた。

「いらっしゃいませー」

久美が明るく声をかける。少女は近所にあるミッション系高校の、夏用の水色のセーラー服に紺色のカーディガンという姿だった。

たしか、あの女子校は下校中の寄り道は禁止されていたはず、と久美は首をひねる。少女はさらさらの黒髪を揺らして、頭を小さくぺこりと下げた。まるで春風を連れてきたかのようにさわやかだ。少女は軽やかに久美に近づいた。

「あの、こちらではどんな注文も受けてくれるって聞いてきたんですけど……」

「お菓子ならご予約いただければなんでもご用意いたしますよ」

久美が満面の笑みで答えたが、少女は申し訳なさそうに爪先を見つめた。

「あの……、コーヒーゼリーをお願いしたいんですけど……」

「はい！　コーヒーゼリーですね！」

少女は慌てて顔を上げる。

「普通のじゃなくて、おばあちゃんのコーヒーゼリーがほしいんです」

「おばあちゃんのコーヒーゼリー？」

繰り返してつぶやきながら久美は持ちこまれた面倒そうな依頼にそっと溜め息をつき、少女をイートインスペースの小さなテーブルに案内した。

少女は水沢佳代《みずさわかよ》と名乗った。久美は紅茶を差しだしながら尋ねる。

「それで、おばあちゃんのコーヒーゼリーっていうのは、どんなものなの？」

佳代は紅茶に口を付けてすぐに離した。軽く眉根を寄せている。猫舌のようだ。

「おばあちゃんと食べにいった喫茶店のコーヒーゼリーなんです。おばあちゃん、そのお店が大好きで、よく私を連れていってくれたんです」

カップの取っ手をいじりながら、佳代は考え考え話す。

「電車に乗って隣町の名画座で映画を見て、喫茶店でコーヒーゼリーを食べるのが、私とおばあちゃんの月に一度の楽しみでした。思い出の味なのよ、っておばあちゃん、笑っていたの。だけどおばあちゃん、半年前に脳梗塞で倒れちゃって、歩けなくなっちゃったんです。だからコーヒーゼリーだけでもと思ったんですけど……」

「その喫茶店で買ってくることはできなかったの？」

佳代はふるふると首をふった。

「行ってみたんですけど……、閉店しちゃってたんです、そのお店」

佳代のしょんぼりと下がった肩を見て、久美は思わず元気よく言ってしまった。

「任せて！　そのコーヒーゼリー、うちで作ってあげるから！」

佳代はぱっと顔を輝かせて頷いた。

＊＊＊

「それで、そのコーヒーゼリーの特徴は？」

めずらしく早い時間、どこからともなく帰ってきた荘介に久美は仔細《しさい》を話した。荘介は厳しい顔をして久美に質問をいくつも投げかける。久美は戸惑い首をひねった。

「コーヒーゼリーにそんなに恐い顔をするくらいの特徴なんてあるんですか？」

荘介は腕を組み、人差し指で唇をなぞりながら答える。

「もちろん、あるよ。コーヒー豆がちがえばコーヒーの味もちがう。ゼリーの硬さによって口どけも違う。香りづけに洋酒が入ることもあれば、ゼリーに砂糖を使わないこともある。生クリームを飾りづけるのか、真っ赤なサクランボをのせるのか、それから……」

久美は手を突きだして荘介の言葉を止めた。

「わかりました。今からその子に聞いて……。あ」

「どうしたの？」

「電話番号を聞き忘れとった……」

＊＊＊

次の日曜日、荘介と久美は隣町の駅前に立っていた。さびれた商店街に続く道に、二人のほかに人影はない。

「定休日なんだから久美さん、一緒に来てくれなくてもよかったのに」

「いいえ、私のミスのせいですから。お供します」

荘介と久美はコーヒーゼリーの特徴をつかむため、件《くだん》の喫茶店を知る人を探しにきたのだった。

久美は、週に一度のお休みを潰すのだからなんとしてもコーヒーゼリーの正体を探ってやる、と鼻息荒く歩きだした。

水沢佳代とその祖母が通った名画座は、古き良き時代の作品ばかりを上映する映画館だった。白黒なのが当たり前、ときには無声映画も上映するらしい。駅からその映画館に向かう途中、閉店したばかりといった風情の喫茶店を見つけた。

「お客さんが言ってた喫茶店はここみたいだね」

中を覗きこむとテーブルや椅子は、今でも営業できそうな様子で整然と並んでいた。

「冷蔵庫を開けたらコーヒーゼリーの一つくらい残っていそうです」

「でろんでろんに溶けきってるだろうけどね」

店の扉にはありきたりな文章で閉店のお知らせが書いてあるだけで、閉店した理由や、移転したかどうかなどは知りようがなかった。

「やっぱり、知ってる人を探さんとだめっちゃろうか」

「映画館に行ってみよう」

通りのつきあたりにある名画座は、現在『カサブランカ』を上映しているらしい。入り口を入ると左手に劇場へ向かう階段、右手にチケット売り場がある。チケット売り場のカウンターの中には不機嫌そうな五十年配の、男性か女性かよくわからない人が座っていた。パンチパーマのような髪型で服装もポロシャツなので、より一層性別がわからない。そして近付きがたいオーラを発している。久美は思わず一歩後ずさった。

「こんにちは」

荘介はその人の鬼瓦《おにがわら》のような表情など気づかなかったように、ほがらかに挨拶した。

「大人二枚な」

重々しい声で顔も上げずに宣言すると、その人はチケットを取りだした。

「いえ、私達は映画を見にきたわけじゃ……」

久美が口を開いたときには、すでにチケットの半券をもぎっていた。久美は頭を抱え、荘介は苦笑しながら二人分の料金を支払った。

ビニール袋入りのポップコーンとコーラを買って階段を上り、劇場に入った。通路の一番後ろに立って見おろすと、休日なのに客はわずか三人しか入っていない。これで経営できているんだろうかと久美は首をひねる。

荘介は手近な椅子に腰かけて、久美を手招いた。隣り合って並んでスクリーンを見つめる。美しい男女の悲しい愛、ドキドキするサスペンス。見応えのある映画なのに、久美は集中できない。コーラを飲みながらポップコーンを分け合っていることにうきうきする。

久美の左手と荘介の右手が触れそうなほど近くにあることにドキドキしてしまう。久美は左腕に感じる荘介の体温が気になって、腕を離したいけれど離せない。火照る頬を押さえながら、映画館の中が暗いことに感謝した。

映画が終わっても場内は明るくならない。座っている客も立ち上がらずスクリーンではもう一度同じ映画が繰り返された。荘介と久美はそっと席を立ちロビーに出た。

チケット売り場の係員はあいかわらず不機嫌そうに見えたが、二人に視線を向けるとわずかに頭を揺らす。もしかしたら会釈したのかな、と久美が気付くより先に荘介は近づき、満面の笑みで話しかけた。

「この先にある喫茶店のことをうかがいたいのですが」

係員はしばし荘介の笑顔に見とれ、ゆっくりと表情を緩めて口を開いた。その様子からどうやら女性らしい、と久美はあたりをつけた。

「泰三《たいぞう》じいさんの店のことやね」

「泰三さん。その方が店主でいらっしゃるのですね。今どうなさっているかご存知ではないですか？」

「亡くなったよ。三か月くらい前さね。癌《がん》だったげな」

「店を継ぐ人はいなかったのですか？」

「息子がおるけど飲食店は無理だーって、とっとと閉めたったい。自分はお役所に勤めてるって聞いたがね」

「息子さんのお住まいをご存知ないですか?」

女性はじろりと荘介をにらみつける。荘介は優雅な笑みを崩さず女性を見つめ続けた。女性の頬がほんの気持ちだけ赤くなったような気がした。

「喫茶店の裏の高村《たかむら》って家ばい」

荘介は深々と腰を折りお礼を言うと、久美を促して映画館を出た。並んで歩きながら、久美が苦い表情で言う。

「ほんとに荘介さんはマダムキラーですよね」

「そうかな。そんなことはないと思うけど」

微笑みを崩さない荘介の横顔を盗み見、絶対、自覚していると久美は確信して頷いた。

「荘介さん、次はおじさんが相手ですから、マダムキラーじゃ役に立ちませんよ」

「じゃあ、久美さんに頑張ってもらうしかないですね」

荘介はニヤリと笑う。久美は顔をしかめ、遠くの空を見つめた。

『高村』と表札のあるどっしりとした石造りの門柱の前でジャージ姿の中年の男性が車を洗っていた。いかにも日本のおじさんの日曜日という感じだ。

車は黒い日本製の高級車。丁寧にスポンジで磨いている。ずいぶん大事にしてもらっているようだ。荘介のおもしろがっている笑顔にムッとしながらも、久美は恐るおそる一歩進みでて男性に声をかけた。

「あのー、高村さんでいらっしゃいますか?」

呼ばれた男性は水が出たままのホースをぶら下げ、振り返った。

「はい、そうですが……」

「あの、私たち、表の喫茶店を訪ねてきたんですけど」

「ああ、店はもうやめたとですよ。もしかして、店主のお知りあいですか？」

「ええと、私たちではなく、私たちは頼まれてきたっていうか……」

しどろもどろの久美の言葉に高村は「ちょっと待っててくださいね」と言ってホースを置きにいった。

「お店の常連だった方に頼まれてきたんです」

久美から言葉を引き継ぎ、荘介が経緯を高村に説明する。高村は濡れた手を振って水気を飛ばしながら首をかしげた。

「いやあ、困ったねえ。店のことは親父が一人でやってたから、メニューのことなんかは何にもわからんとですが……」

「ご家族は皆さん、喫茶店にいらしたことはないんですか？」

「ああ、そうたい。娘がアルバイトをしていたことがありますよ。ちょっと聞いてみましょうかね」

高村は濡れた足のままぺたぺたと家の中に入っていった。しばらく待つと二十歳《はたち》かそこらに見える少女が出てきた。Tシャツにホットパンツという、春にしては涼しすぎる格好をしている。彼女は二人を見ると、というより、荘介を見ると目を見開いて固まった。

「こんにちは」

荘介が挨拶すると少女は慌てて深々と頭を下げた。高村があとから出てきて口を挟む。

「娘の紗保利《さほり》です。ほら、これが店の鍵」

少女は無言で高村から鍵を受けとると、荘介たちに近づいた。

「えっと、お店のメニューに写真が載っているので、それ見てもらったら早いから。お店、行きましょう」

紗保利について喫茶店に入る。店の中の空気はよどんでいて埃《ほこり》っぽかった。歩くたびに足元で薄く積もっていた細かな塵《ちり》が踊り、鼻がむず痒《がゆ》い。紗保利はカウンターの中に入り、メニューを二枚持ってきてくれた。荘介と久美にそれぞれ手渡す。

「わあ、めずらしいなあ」

荘介が明るい声を上げる。

「コーヒーゼリーがクラッシュタイプだ。うちの先代とおんなじだね」

手書きのメニューに貼り付けられた写真の中、コーヒーゼリーの砕片《はへん》がきらりと光っている。細かく砕かれたゼリー以外に飾りはない。荘介は紗保利に向き直ると滔々《とうとう》と言葉を繰りだした。

「クリームは別添えでしたか？　それとも初めからかけて？　砂糖は入っていましたか？　コーヒーは既成のもの？　それとも……」

「ちょっと、荘介さん！」

　ぐいぐいと紗保利に詰めよる荘介の袖を久美が引っぱる。荘介がはっとして立ち止まると、紗保利は顔を真っ赤にしていた。

「え、えっと……。甘さはかなり控えめで、クリームはピッチャーで運びました。コーヒーはわかりません。私は仕込みは手伝ったことがなかったんで……」

　荘介はいかにもがっかりしたという風情で肩を落とした。紗保利が申し訳なさそうな顔で俯く。久美は慌ててフォローに入る。

「あの、でも、ほんとに助かりました！　手掛かりがこんなにたくさん見つかるとは思っていなくて……」

「あとはコーヒーのことさえわかれば……」

　久美はぶつぶつつぶやく荘介の背中を叩く。紗保利がふと顔を上げた。

「そう言えば、おじいちゃん、このコーヒーゼリーは思い出の味なんだって何度か言ってました」

「思い出の味？」

　荘介と久美は顔を見合わせる。

「おばあさんと同じことを言ってるね」

「お二人、知り合いだったんでしょうか」

　事情を知らない紗保利は首をかしげる。

「紗保利さん、おじいさんの思い出について何か聞いていませんか？」

「えっと……。初めてのデートで食べたって」

「場所は!?　どこのお店かわかりませんか!?」

急に荘介が紗保利の両腕をつかむ。久美が荘介の服をぐいぐい引っ張っているのにも気づかずに、紗保利の腕を握り続ける。紗保利は背をのけぞらせながら、かろうじて動かせる指先で壁を指差した。

そこには一軒の菓子店の写真があった。

「……うち？」

「……うちの店、ですね」

二人はぽかんと口を開けた。


店にとって返すと荘介は倉庫からノートの束を引っ張りだした。飛び散り、振りかかる埃に久美が咳《せ》き込む。

「そのノート、なんですか」

「先代の、僕の祖父のレシピ集だよ。祖父のコーヒーゼリーを僕は味見したことがないんだ。さて、どこにあったかな、コーヒーゼリー」

二人は片っぱしからノートを捲《めく》り、さまざまなお菓子のレシピを見ていく。丁寧なスケッチでお菓子の絵が描かれ几帳面な文字がページを埋めている。きっと読むだけでも楽しいだろうと思われたが、今はそんな時間はない。次々とページを進めていく。

「あった！」

荘介が開いたページには黒々としたコーヒーゼリーが描かれている。

「コーヒーは……。マンデリン四〇パーセント、コロンビア三〇パーセント……、ものすごく苦くしてあるなあ」

「そうなんですか？」

「子ども向けではないね。ゼリーに砂糖は入らないし、クリームだけで食べさせるなんて思いきったことをするなあ。これじゃ、うちの店では通常メニューには出せないだろうね。子どもの僕に味見させなかったのも頷ける」

「これで、おばあさんのコーヒーゼリー、作れますか？」

荘介は久美に向かって力強く頷く。

「もちろん！　さあ、コーヒー豆を買い出しに行きましょう」

＊＊＊

予約の日、荘介はデリバリーで病院に足を運んだ。病室入り口の名札で『水沢綾子《あやこ》』の名前を確認して部屋に入る。水沢綾子はベッドに横になり、ぼんやりと天井を見上げていた。花柄のパジャマとふっくらとした薔薇《ばら》色の頬が生来の元気さを思わせた。

「こんにちは。ご注文のコーヒーゼリーをお届けにまいりました」

ベッド脇に座っていた佳代が慌てて立ち上がり、荘介に向かってお辞儀する。

「わざわざすみません。お見舞いに来てもらっちゃって。おばあちゃん『お気に召すまま』の店長さんだよ」

綾子はゆっくりと頭を動かし、荘介の顔に視線を留めた。大きく目を開き、ゆっくりと瞬《まばた》きをする。片方だけしか動かない唇を必死に動かし、声を出す。聞き取りづらい発音に、佳代が祖母の口元に耳を付ける。

「航介《こうすけ》さん、って言ってるみたいです」

荘介はにっこりと笑う。

「それは僕の祖父の名前です。僕は祖父の若いころとよく似ているそうですよ。綾子さん、あなたからの手紙、祖父は大事に取っておいてありましたよ」

綾子は照れくさそうに笑った。

「おばあちゃん、コーヒーゼリー食べよ?」

佳代が綾子の口元にゼリーを運ぶ。白いクリームがかかった黒いゼリーは細かく砕かれ綾子の口にするりと流れ込む。ゆっくりと味わうように口を動かした綾子は、ゼリーを飲みこみ優しく微笑んだ。その頬に涙が一筋きらりと流れた。

＊＊＊

「ねえ、荘介さん。おじいさんと綾子さんって恋人同士だったんですか？」

「いいえ、綾子さんにとって祖父は兄のような存在だったようです。綾子さんから祖父に宛てた手紙は高村さんとの恋の相談でした」

「じゃあ、おじいさんの助けがあって二人は恋人同士になれたんですね」

荘介は首を横に振る。

「恋を祝福するのならコーヒーゼリーは甘く甘くしたでしょう」

「じゃあ、荘介さんのおじいさんは、もしかして綾子さんのこと……？」

荘介はそっと微笑むと冷蔵庫からコーヒーゼリーを取りだした。

「思い出のお裾分けをいただきましょうか」

「苦い思い出を？」

「いいえ、思い出は皆いつか、甘くなるものですよ」

久美はゼリーを口に入れた。それは甘いのだけれどちょっとほろ苦い、どこか懐かしい味だった。

まんじゅうに塩ひとつまみ

「もうほとほと参ったわ、うちのお父さんには。『彩香《あやか》も若くないんだからさっさと嫁に行かんか！』って、いつも怒鳴っとったとにさ。いざ結婚話が出てみたら大反対やもん」

「はあ……。大変ですねえ」

店に入ってきてから延々四十分。白鷺和歌子《わかこ》は喋り続け、久美は苦笑いで頷き続けた。

和歌子のふっくらとした体中から、お喋りできる嬉しさがキラキラと放射されている。

和歌子が身にまとっている半袖の上品なワンピースでも隠しきれない、その喜び放射は初夏の太陽のようにまぶしく、久美は目をしばたたく。

「反対する理由がまたひどいっちゃん。『俺は小豆餡《あん》は好かん。だから引き出物の紅白まんじゅうも好かん。だから結婚はさせん！』って、ほんともう、意味不明」

「あれ？　でも白鷺さんのご主人さんはお赤飯が好物でしたよね？」

「まあまあ！　よく覚えててくれて！　そうよお、お赤飯なら食べるっちゃけど、アンコは好かんとよ。同じ小豆なのにおかしかよねえ」

そう言って和歌子はケタケタと笑う。

「じゃあ、甘くないまんじゅうがあればご主人は結婚を反対できなくなるのでは？」

厨房から荘介が顔を覗かせた。

「あらあ、荘ちゃん！　顔を見られるなんて、今日は大吉たいねえ」

謎の吉凶判断に久美はまた苦笑いする。荘介は愛想よくにこにこしている。

「彩香さん、ご結婚決まったんですね、おめでとうございます」

「やあねえ。聞いてたんでしょ。めでたくないのよ、これが」

「よろしかったら」

荘介が満面の笑みで和歌子に囁く。

「僕が甘くない紅白まんじゅうを作りましょう」

＊＊＊

「荘介さんは妙なところで商売上手ですよねえ」

荘介が捻《ね》じりきったアジサイ模様の飴菓子を重箱に並べながら久美が言う。

「妙なところって、ひどいなあ。僕はいつでもビジネスライクですよ」

「嘘ばっかり。すーぐ近所の子どもたちに出来立てのお菓子あげちゃうくせに」

「あれは先行投資です。うちの店の味に小さいころから親しませて、大人になったらドーンと買ってもらうという……」

「ゴタクはいいのでさっさと作ってください」

「はい……」

二人はしばらく黙々と手を動かした。無言の作業に気詰まりになったらしい久美が先に口を開く。

「それにしても、甘くない紅白まんじゅうなんて美味しいんですか？　味気ないだけかなあって思うんですけど」

「塩味《しおみ》まんじゅうって食べたことないかな？　赤穂《あこう》の名物なんだけど」

久美は目を丸くする。

「えー。そんなものがあるんですかあ。名物に美味《うま》い物なしってやつですか？」

荘介は愉快そうに笑う。

「美味しいかまずいか、食べてみる？」

「え？　あるんですか？　赤穂名物」

「これから作るんだよ」

久美が口を突き出す。

「なんだあ、荘介さんの作品かあ」

「なんですか、僕のまんじゅうじゃ満足できませんか？」

「逆です。荘介さんが作ったら、なんでも美味しいに決まっとうもん」

荘介は満面の笑みを湛《たた》えたが、今日、配達する予定の飴の梱包に忙しい久美は、その笑顔に気付くこともなかった。

＊＊＊

白鷺秀平《しゅうへい》は縁側で碁盤の前に座り、腕組みしていた。無意識に人差し指でとんとんとポロシャツの袖を叩いている。退職して思う存分、打ち込もうと思っていた囲碁の腕を鍛えるべく、厳《いか》つい眉を寄せて眉間に皺を刻み碁盤の前に座ったのだ。が、考えているのは並べている棋譜《きふ》のことではない。先日、彩香が連れてきた婚約者の青年、草壁明良《くさかべあきら》のことだ。

草壁は三十代初めとは思えぬほど礼儀正しく、姿勢よく、言葉づかいも上品で、マナーも身に付けている。完璧なお坊ちゃんだ。それになにより彩香のことを大事にしているのが言動の端々から感じられた。彩香が動けば目で追い、彩香が口を開けば自然とそちらに体を向ける。彩香の両親、秀平と和歌子に向ける口調も緊張のためか少し硬かったが、そこがまた好感が持てた。彩香の婿《むこ》として申し分なかった。

けれど逆に、マイナス点が見つからないからこそ、秀平は素直に結婚を認める気になれなかった。なんとなく小癪《こしゃく》に感じるのだ、その完璧な笑顔を。

申し分ない男の嫁になってしまったら、娘が実家に泣きつくこともないかもしれんじゃないか！　しかしどうしようもない男に嫁がせて実家に帰ってばかりの日々なんて、さらに嫌だ！

やりきれない葛藤を抱えてイライラしていた秀平は碁石を取り落とした。ころころと庭に転がった黒石を、一人の青年が拾いあげた。やわらかそうな栗色の髪に白い肌、長身でイケメン。頬に湛えた笑みはやわらかい。見たことがあるような気がしたが、どこだったのか思い出せない。青年は手にした碁石を碁盤の上に置いた。そこは秀平が見抜けなかった攻めの一点だった。青年は屈託なく、にこりと秀平に笑いかけると口を開いた。

「お菓子をお届けにまいりました。『お気に召すまま』です」

ああ、と秀平はひとりごちる。和歌子が通っている菓子屋の店主だったか。

「わざわざすまんかったですな。おーい、お菓子屋さんが来とらすぞ」

家の奥に向かって大声で呼んだが、和歌子からの返事はない。二階で片付けものでもしているのかもしれない。仕方なく秀平は菓子屋の対応をすることにした。

「家内はなんば注文したとですかな？」

青年はにこりと笑って菓子箱を差し出す。その挙措《きょそ》動作の美しさ、おお、なかなかの好青年ではないかと秀平は内心思った。

「はい。おまんじゅうを二つ承《うけたまわ》りまして」

「たった二つばっかしを配達してもらったとですか？」

「はい。ご主人様へのプレゼントとうかがっております。どうぞ、ご賞味ください」

青年が箱を開けると、中にはふっくらとした紅白のまんじゅうが並んでいた。

秀平はカッと目を見開き両こぶしを握りしめ、ぶるぶると体を震わせた。

「こんなまんじゅうは受けとれん！　さっさと持って帰りんしゃい！」

しかし青年はゆったりとした微笑で、秀平の怒りにも動じる様子は見受けられない。

「ご主人様のご注文どおり、甘くない紅白まんじゅうです」

「なにい？」

秀平は唸ったが、目の前にある紅白まんじゅうが甘くないなどとは信じられず、つい食べてみたいと思ってしまった。思ってしまったら生来の食いしん坊が顔を出し、ついついまんじゅうに手を伸ばしてしまった。

「こ、これを食ってまずかったら持って帰らすけんな！」

「承知いたしました。料金も全額返金いたします。ぜひこれを」

秀平は青年が指差した紅《あか》いまんじゅうを手に取る。ずしりと重量感がある。皮はふっくらとして手にべたつくようなこともない。

大きく口を開けると、一齧りでまんじゅうの半分を口に収めてしまう。噛む、と言うよりは口中で転がすように味わっていく。もごもごとまんじゅうを咀嚼《そしゃく》していると、塩気が強いと思った餡は皮の自然な甘さと相まって絶妙な味を醸し出した。

「うむう。これはうまか」

秀平は素直に唸り、手にしたまんじゅうの残りも一口で飲みこんでしまった。青年がもう一つの白いまんじゅうを差しだしながら笑顔で解説する。

「餡は十勝産の小豆に赤穂の粗塩を使いました。皮は米麹《こめこうじ》を使って発酵させていますので、自然な甘みがあります。当店のお赤飯をお好みいただいているご主人のためにあつらえました」

秀平は目を丸くした。自分のためだけに作られたお菓子だというのにも驚いたが、いつも楽しみにしている赤飯が青年の店のものだとは思いもよらなかったのだ。

「赤飯って……、あんたの店はたしかケーキ屋だっただろう？」

「はい、以前は。ですが今はお客様のお好みのものはなんでも取りそろえます」

秀平はきつく寄せていた眉を少しだけくつろげた。

「なんでも、って、なんでもかね？」

「はい、なんでも」

秀平は軽い溜め息をついた。

「あんたも完璧な人間か。娘の連れてきた男もそうたい。非の打ちどころがない。だから嫌なんだ」

秀平は白いまんじゅうをつかみ大口で齧りついた。

「おや、これはちょっと甘いんじゃないか？」

「こちらは砂糖を少量使ったまんじゅうです。塩はほんのわずかだけに抑えています」

渋い顔でまんじゅうを飲みこんだ秀平は、荘介をにらんだ。

「砂糖なんぞ入れんでもうまいが……、これは塩だけのものよりずっとうまか」

「お気に召したら幸いです」

秀平は軽く溜め息をつくと、自嘲の笑みを浮かべた。

「甘いものが嫌いだなんて言っても、結局私も砂糖の味ば好いとう」

「そうですね。ですが、砂糖だけのまんじゅうより、塩気が入った方がうまみが引きたつものですよ」

青年は優しく微笑む。秀平は腕組みして目を瞑って何か考えていたが、思いきった様子で顔を上げた。

「注文したい菓子がある」

＊＊＊

「もう、ほんとにあの人ったら、しょうがなか！」

黒紋付き姿の和歌子が頬に手をあて大仰に嘆く。

草壁と彩香の結婚式は博多駅近くの住吉《すみよし》神社で執りおこなわれる。その晴れの日に、秀平はまだ姿を現さない。能楽殿の隣の結婚式場の控室を和歌子はうろうろと歩きまわる。

「朝起きたら布団はもぬけの殻。昨夜はちゃんと結婚式に出席するって約束したとよ」

彩香は美しい眉をひらいて、にっこりと笑ってみせる。

「なら大丈夫よ。お父さん、約束は絶対にやぶらんけん」

花嫁の控室で、綿帽子《わたぼうし》をかぶった彩香と紋付き袴《はかま》姿の草壁は絵に描いたような美男美女ぶりだった。

控室の扉が開き、赤い袴の巫女《みこ》が式の準備が整ったことを伝えにきた。式には両家の家族だけが出席し、披露宴はしゃれたレストランを予約してある。神社に来ているのは草壁家の両親と兄弟、彩香と母の和歌子だけだ。

「あらやだ、お父さん！」

和歌子の叫び声にみんなが振り向くと、燕尾服《えんびふく》姿の秀平が汗だくになって駆け込んできたところだった。

「ま、間に合ったか」

「もう、こんな日に遅刻して！」

小言を繰り出しそうな母を、彩香がやんわりと止める。そうして秀平に向かって静かに頭を下げた。

「お父さん、来てくれてありがとう」

秀平は言葉に詰まった様子で俯き、小さく頷いた。


式はとどこおりなく済み、一同は披露宴会場へ向かう。着替えのある花嫁と花婿を待つ間、和歌子は秀平を詰問し続けていた。

「だいたい、いつもあなたは行きあたりばったりで」

「ああ、すまん」

「朝っぱらからどこに行っとったとね？」

「ちょっとな」

「ちょっとじゃなかろうもん！　あなたが式に出んとやないかって、どれだけヒヤヒヤしたか……」

「おお。彩香、きれいやなあ」

和歌子が振り返ると彩香がタキシード姿の草壁にエスコートされて出てきたところだった。エメラルドグリーンのロングドレスを着た彩香は、幸せでキラキラと輝いているようだった。

披露宴会場であるレストランにはすでに新郎新婦の友人たちが集まっていて、二人の登場を大きな拍手で出迎えた。会場はあちこちを花で飾り立てられ昼の陽を受けて暖かく、誰もがにこにこと嬉しそうだった。完璧だ。秀平はひとりごちる。完璧な披露宴だ。

披露宴は新郎新婦の挨拶から始まり、指輪の交換、ケーキカット、友人たちからのお祝いの余興へと続いていった。それらがひととおり済んだ頃、厨房から一口大の小さなケーキがのせられた丸い盆がいくつも出てきた。

「え……？　デザートはもう出たけど」

注文していないケーキの登場に彩香がいぶかしげな声を上げる。秀平はすっと立ち上がると、にこやかに話しだした。

「今日の思い出に、一つ皆さんに余興を用意させていただきました。今出てきたケーキは私の手作りです。このケーキで運試しをしましょう。それぞれの盆の上にのっているケーキのうち、一つがアタリです。さあ、どなたが幸運を引き当てるか！　まずは新郎から。

私が手作りしたケーキの中から、一つ、選んでもらいましょう！」

　秀平がケーキを作ったという言葉に彩香も和歌子も目を丸くした。

　草壁は突然始まったゲームにも動じることなく、にこりと上品に笑って秀平が手にした盆からケーキを一つ取りあげた。

「さあさあ、がぶりといってくれ」

　秀平に促され、草壁は一口でケーキを頬張る。噛むほどもなくすぐに目をぎゅっとつぶり、鼻の根元を押さえ天井を向いた。うっすら涙も浮いている。

「大アタリ──────！　ワサビ入りーー！」

　秀平の声に、会場がどっと沸く。それから客はてんでにロシアンケーキを楽しみだした。

　会場のあちらこちらから呻《うめ》き声と笑い声が上がる。

　草壁は彩香から受け取った水を飲み干し、涙目でぶつぶつとつぶやく。

「やられた！　ちくしょう、アタリなんか入れてんじゃねえよ！」

　秀平は草壁の荒い言葉にニヤリと笑う。

「完璧なあんたにも、隠し味はあったな」

「え……？」

　草壁はまだ喋ろうとしたが、友人たちが集まってきて撮影会が始まってしまって、秀平とはそれっきり話せずじまいだった。秀平は満足げに微笑むと、草壁の家族と談笑を始めた。

＊＊＊

「もうほんと困るっちゃん、うちのお父さん。披露宴のワサビケーキを作ってから、お菓子作りにハマって。まさかあのお父さんがケーキを作りはじめるなんて驚いたし嬉しかったっちゃけど、毎日毎日、甘いものを作るけん私、肥えて肥えて」

久美は苦笑しながら聞いている。

「ほんとワサビケーキは傑作だったとよ。草壁くんったら涙流して悶絶《もんぜつ》して！　それにしてもよく引き当てたねえ、ワサビ入り」

久美はくすくすと笑って声をひそめた。

「実は、ご主人が持っていたお盆のケーキは全部ワサビ入りだったんです。しかもびっくりするくらい大量の」

「ええ？　それって……」

「新郎さんは、どのケーキを選んでもワサビ入りに当たるようになってたんです」

「まー、呆れた、あの人ったら。そんなに草壁くんをいじめたかったっちゃろうか」

久美はくすっと笑うと荘介の口真似をしてみせた。

「『完璧なスイーツには隠し味に驚きがひそんでいるものです。それを知ればそのお菓子をもっと好きになるんだよ』だそうです」

和歌子はきょとんと首をかしげる。久美はくすくすと笑い続けた。

ママとおふくろのバター餅

梅雨の晴れ間の気持ちよい午後、カランカランと店の扉が開き、斑目が入って来た。斑目の顔を認めた久美は笑顔も見せず、つんと顎を上げた。

「あら斑目さん。今日は新作はありませんよ」

斑目は片手で顔を覆うと大仰に天井を見上げた。

「そんなー！　味見してやろうと思って楽しみに来たのにい」

久美は冷え冷えとした目で斑目を見やる。

「もう。たまには商品を買うたらいいのに」

斑目はジーンズのポケットに両手を突っこ《こ》むとショーケースに歩みより、久美に顔を近づける。久美は思わずあとずさる。

「これ、ちょうだいな」

そう言ってショーケースの中のホールのチョコレートケーキを指差す。

「え？　買うんですか⁉」

「そこまで驚かんでもいいだろう」

斑目はニヤニヤしながら背を伸ばし、腰に手を当ててふんぞり返った。

久美は疑《うたぐ》り深く斑目を観察したが、ニヤニヤ笑いを浮かべたままの切れ長の目を見ても冗談なのか本気なのか、さっぱりわからない。荘介と同級生だから同い年のはずなのに、ずっと手ごわいのはどうしてだろう、と久美はいつも思う。考えても答えは出ない。仕方なく店員としての責務を果たすことにした。ショーケースから斑目が指差した五号サイズのケーキを取りだし、

「こちらでよろしいですか？」

と確認する。

「はい。よろしいですよ」

斑目はニヤニヤ笑い続ける。久美は不審げに目を細めるが、手はてきぱきと動く。

「ろうそくはお付けしますか？」

「うん。二十二本ちょーだい」

久美はちらりと斑目を見上げる。

「もしかして、彼女ができたとですか？」

「気になる？」

斑目はいよいよ、ニヤニヤが止まらない。

「気になります。斑目さんみたいな人と付き合えるなんて、どんな天使なのかと」

包み終わったケーキを斑目に渡す。支払いを終えた斑目はケーキの箱の正面をくるりと回し、久美に差し出した。

「ハッピーバースデー、俺の天使ちゃん」

久美は一瞬、目を見開くと、諦めたように大きな溜め息をついた。

厨房内の調理台の隅で二人差し向かいでケーキを食べる。

「だいたい私、斑目さんと付き合っとらんけん」

「そんなこと言って、ケーキ食べてくれてるじゃないか？」

「ケーキに罪はありませんから！」

久美はホールのまま置かれたケーキに、フォークをがつんと突き立てて、大きく口を開けて食らいつく。

「その食べっぷり、いつ見ても爽快だなあ」

斑目はポケットからタバコを取りだし、火をつけようとした。久美が慌てて斑目の口からタバコを奪い取る。

「店内は禁煙です！」

「えー。そんな細かいこと言わんでもいいだろ」

「だめです！」

カランカランと店の扉が開く音に久美が駆けだす。

「いらっしゃいませー」

斑目は立ち上がり、店内を覗く。見た目にはお菓子など買いそうにない、灰色のスーツに猫背の体を包んだ六十代くらいの紳士が久美と話をしていた。

「こちらでは注文したらなんでも作ってくださると聞いたのだが」

「はい！　お菓子でしたらなんでも！」

久美は元気よくにこやかに答える。紳士は目を細めて続ける。

「それはよかった。ひとつね、バター餅を頼まれてほしいのですが。懐かしくて食べてみたくなってね」

「バター餅、ですね？」

「そう、バター餅。このくらいの量があったら嬉しいんですが」

そう言うと、紳士は壁際の棚に並べられた焼き菓子の箱の中から、二十センチ角ほどの箱を指差した。

「かしこまりました。お渡し日は明後日《あさって》以降になります。いつがよろしいですか？」

「では、明後日で」

「かしこまりました！」

久美はてきぱきと予約を取っていく。予約票に名前と電話番号を書き終わると、紳士は丁寧にお辞儀して「よろしくお願いします」と店を出た。

耳にしたことのないお菓子の名前に久美がホクホクしながら振り返ると、斑目が火のつかないままのタバコを口にくわえてぼんやり久美を見ていた。

「もう、斑目さん！　店内禁煙！」

久美が斑目の口から再びタバコを奪いとる。

「なあ、久美ちゃん」

「なんですか」

「バター餅ってどっちのバター餅だろうな」

「え？　どっちのって？」

そのとき、カランカランと扉のベルの音を立てて荘介が帰ってきた。

「おかえりなさい、荘介さん！　〝予約注文〟が入りましたよー」

久美の満面の笑みに、斑目がつぶやく。

「俺もそのくらい歓迎してくれてもいいだろうよ」

「そうですね、やっとお客様になっていただけましたし、次回は」

斑目は久美の手を握ろうとしてするりと逃げられる。それでも嬉しそうに「約束だぞ！」

とはしゃいでいる。予約票を見ていた荘介はちょっと首をかしげて顔を上げた。

「それで、久美さん。ご注文のバター餅はどっちの？」

「え？　どっちって……」

久美は荘介と斑目の顔を見比べる。斑目が苦笑しながら答える。

「バター餅って名前のお菓子は秋田とハワイの二種類あるんだよ。最近話題になってたん
だが聞いたことないのか？」

「ええ？　知りません！　ハワイのお餅なんて聞いたことないです……」

荘介は難しい顔で久美に尋ねる。

「久美さん、お客様に東北訛《なま》りはあったかな？」

「いえ……。きれいな標準語でした。あの、私電話して聞きますね」

久美は電話をかけたが、相手は出なかった。

「まだ帰ってないんじゃないか？」

「久美さん、携帯番号は？」

「書かれているのは固定電話だけです……。どうしよう」

荘介は表情を緩め優しく笑いながら久美の頭をぽんぽんとする。斑目が目を吊り上げて
「あ！　ずるい！」と手を伸ばしたが、久美は斑目の手からするりと逃げた。

「夕方にもう一度お客様に電話をかけてみましょう」

久美はぶんぶんと何度も頷いた。


その日の夜、久美は何度も電話をかけては苦い表情で受話器を置いた。

「久美ちゃん、ちょっと落ちついてみなよ。そんなにひっきりなしに電話をかけてもつかまらんときはつかまらんもんだ」

久美はキッと斑目をにらむ。

「斑目さん、いつまでおると」

斑目はニヤニヤ笑う。

「久美ちゃんの帰りを待ってるんだけど？」

「まだ帰りませんから、一人でさっさと帰ってください！」

荘介が二人の間に立つ。

「久美さん、そうカリカリしないで。斑目も久美さんを刺激しない」

久美は涙目になり荘介を見上げた。

「荘介さん、どうしましょう、私こんな大事なことも聞けないで……」

荘介は眉根を寄せる。

「明日の朝また電話してみよう。とにかくつかまえないと」

斑目はポケットからタバコを出して口にくわえながら、ぼんやりと言う。

「そんなに頑張らんでも、二種類作ったらどうだ？」

「あ」

そんな簡単なことにも気づかないほど焦っていた荘介と久美は、顔を見合わせてクスッと笑った。

「バター餅は秋田とハワイと二種類知られてるけれど、それぞれ原材料と作り方がちょっとずつ違う。秋田のは餅をついて作るんだけど、ハワイのは餅粉を使って焼くんだ。どっちも簡単だから、今から作ってみよう」

荘介は餅米を蒸し器に仕込み火にかけると、それは置いたまま、まずハワイのバター餅に取りかかった。材料は餅粉、バター、卵、砂糖、ベーキングパウダー、それとココナッツオイル。

「伝統的なバター餅にはココナッツミルクか練乳を加えるんだけど、今回はヘルシーなお菓子を目指してココナッツオイルにしてみるよ。バターの量も減らせるしね」

斑目が、並べられている材料を手に取り、しげしげと成分表示を眺めながら口を挟む。

「ここしばらく人気が出てきたよな、ココナッツオイル。抗酸化作用とか脂肪燃焼作用とか健康志向の年代層や女性にウケてる」

「脂肪燃焼作用があるんですか。すてきですね」

「久美ちゃんが好きそうだな」

「どういう意味ですか？」

「言葉どおりの意味ですが？」

久美は斑目を軽く睨んでから荘介の手元を見つめることに集中した。見ていると材料をろくに計りもせずポイポイとボウルに入れて適当に混ぜているとしか思えない。久美はひやひやして口を挟む。

「そんなに乱暴にして大丈夫なんですか」

「ハワイのママの味だからね。あまり手をかけすぎるとかえって美味しくないんだよ」

混ぜ終えた生地を型に流しオーブンに突っ込むと、次は秋田のバター餅に移る。蒸し上がった餅米を擂り鉢でついていき、そこに砂糖、バター、卵黄を加えていく。これもやはりぞんざいに素早く荒くついている。

「やっぱりこれもママの味なんですか？」

久美の疑問に荘介は楽しそうに笑って答える。

「多分、ママが作っただろうね。けれど、こちらはマタギの保存食だとも言われているそうだよ」

「マタギ？」

久美の疑問に、行き場を失ったまま口にくわえっぱなしの煙草を揺らして斑目が答える。

「主に熊や鹿撃ちをする東北や北海道の猟師のことだ。寒い山でもバター餅はやわらかいから重宝したそうだ」

久美は驚いた目で斑目を見つめた。

「斑目さんが賢そうなこと言った……」

「失敬やな、久美ちゃん。俺と荘介は同じ高校出てるんだぞ。荘介が知ってて俺の知らんことはないね」

「じゃあ、ショートケーキの作り方を言ってみてください」

「う……」

「言ってみてくださいよ」

久美と斑目が言い合っている間に荘介は餅をつき終わった。

「ほら二人ともじゃれてないで。バター餅できたよ」

「じゃれてません！」

「おお。うまそう。早く切ってくれ」

荘介は打ち粉をしたまな板に秋田版のほのかに黄色い板状のバター餅をのせて切り分ける。小判形に切り分けられた一切れ目を斑目がつまんで口に入れる。

「うんん！　うまいぞ！　こりゃイケる」

もう一切れ手を伸ばそうとしたところを、久美に手をつかまれ阻止される。

「もう！　これはご予約の品なんですからね」

荘介が笑って久美の手を外す。斑目は荘介をにらみながら「久美ちゃんの手を横から奪いよって」とぶつぶつ言う。

「大丈夫だよ、久美さん。これは長期保存がきかないから、日を置かない方がいいんだ。明後日にまた作るからね。今日は味見だけ、ね」

「ひゃっほう、食うぜ！」

奇声をあげ斑目が両手にバター餅を握り口に突っこむ。もっちもっちと咀嚼《そしゃく》しながら荘介に尋ねた。

「これ、カロリーどのくらいだろうな」

「計ってみたことはないけど、結構あるよね」

久美がバター餅に伸ばしていた手をそっと引っこめる。斑目がニヤニヤと久美の顔を覗きこむ。

「おやあ？　久美ちゃん、食べないのかな？　うまいぞお。ほっぺたが落ちちゃいそう」

「い、いりません」

「そう言わずに食べてみなって」

「いらないんです」

「あーあ。せっかく荘介が一生懸命作ったのになあ。かわいそうな荘介。味見もしてもらえんのか」

久美が「うっ」と呻いて言葉を失くしたそのときに、オーブンがビーッという音を立ててハワイのバター餅の焼き上がりを知らせた。

「お。こっちの餅はどうだろな」

斑目が手を伸ばそうとしたが、荘介はハワイのバター餅を切らず網の上にのせる。

「あ。焼き立ては切らんのか」

「うん。冷ましてからね。だいたい素手で触ったら火傷《やけど》するよ」

久美が荘介の背中に隠れながら斑目にアッカンベーして見せる。

「斑目さんのくいしんぼ」

斑目はフッと笑って腕組みする。

「久美ちゃんの根性なし」

「なんですか！　根性なしって」

「ダイエットが恐くて荘介のお菓子を味見できんくせに。ほんとは食べたくて仕方ないんだろう？」

　荘介は笑いながら二人の言い合いを楽しそうに眺める。

「いいよいいよ、俺が久美ちゃんの分もちゃーんと食べてやるからな」

　斑目がごっそりと握った秋田のバター餅を久美が横からかっさらう。

「食べますとも。ダイエットなんて恐くないですとも」

　久美は口にバター餅を放り込むと目を見開き、両手で頬を包んだ。

「ん――――！　おいひい。バターの奥から餅米の香りが立ってきて和風で洋風です」

　久美はむっちゃむっちゃと餅を噛みしめながら、おいひいを繰り返す。まるでバターになってとろけそうな喜びっぷりだ。斑目が煎茶をいれ、三人で立ったままバター餅と煎茶を楽しんだ。

「そろそろハワイのバター餅も食べごろじゃないか？」

「そうだね。そろそろ冷めたかな」

　久美がおそるおそる尋ねる。

「あのう、やっぱりそちらもカロリーは……」

「うん。高カロリーですね。でも、一切れなら大丈夫じゃないかな」

「往生際が悪いぜ、久美ちゃん。もう存分にご賞味召しただろう。もう一切れくらい、変わらん変わらん」

　ニヤニヤ笑う斑目を恨めしそうににらみながらも、久美はハワイのバター餅を一切れ、口に入れた。サクッと音を立てて噛みしめる。

「んんんー！　幸せー。外はカラッとサクッとしてるのに、中はちゃんとお餅なんやもん。万国菓子舗、ハワイと秋田を制覇！ですね」

手にしたハワイのバター餅を掲げて愛《いと》おしそうに見つめている。

「ははは。久美ちゃんはやっぱり美味しいもの食べて笑ってくれんとな」

斑目は破顔したが、荘介はつぎつぎとバター餅に手を伸ばす久美を無言のまま生温かい目で見つめた。

＊＊＊

翌日、予約の主、例の紳士が店に入ってきた。黒いスーツに黒いネクタイ。喪服だった。

「やあ、すみませんな、こんな恰好で。急に不幸があって秋田まで帰ったもので」

商品が準備できていない久美は慌てた。

「あの、ご予約は明日だと思っていましたが……」

「ああ。それなんですが、予約の取り消しってできますか」

「……はい？」

帰郷した紳士は故郷の母親の作る懐かしいバター餅を思う存分食べ、満足してしまったのだと言う。今回の注文では特別な仕入れもしていないので、久美は素直にキャンセルを受けた。紳士はお土産と言って郷里から抱えてきた〝ママのバター餅〟を置いていった。

「…………」

「まあ、そう怒らんと久美ちゃんも食べてみなって。これはこれでうまいって」

閉店後、店の隅の椅子に座って三人は土産のバター餅を囲んでいた。

「ほんとに美味しいね。いかにも母の味って感じで。滋養溢れると言うか……」

久美は両手を握りしめて二人を交互に睨む。

「もう！　どうしてそんなに落ちついてるんですかあ。お菓子屋さんにお菓子のお土産って失礼じゃないですか」

「そうは言うけど久美さん。いつも樺島《かばしま》さんや有村さんからもらったお菓子は喜んで食べるじゃないですか」

久美はうっ、と言葉に詰まった。

「あれは……、そう！　ご近所付き合いっていうか……」

斑目がニヤニヤ笑う。

「予約したおっちゃんが何も買わなかったのが悔しいんだよな」

「そうですよ！　買わない人はお客様じゃありません！」

「久美さん、今は買ってもらえなくても、一度お店に足を運んでいただいたんだ。未来のお客様になるかもしれないでしょう？」

「そうそう、俺みたいにな」

「斑目さんは結局、ケーキ以上にバター餅の試食したじゃないですか」

「あれ？　こっちに飛び火する？　ははは、久美ちゃんの愛はツンツンだな」

「誰がツンデレですか！」

「デレてくれたことはないけどねえ」

斑目はひひひと笑って立ち上がる。

「ごっそうさん。また来るわ」

斑目はシャッターが閉まった店舗入り口には目も向けず、さっさと厨房の奥の裏口に向かう。すっかり店の人間、と言う風情で。荘介と久美は黙って、手を振り去っていく斑目を見送った。

「次に斑目さんがお菓子を買ってくれる日はいつですかねえ」

久美のつぶやきに荘介は肩をすくめた。そのときオーブンがビーッと焼き上がりの音をさせた。久美は先ほどから漂っていた甘い香りを思い出し、やっと気持ちを落ちつかせた。

「荘介さん、こんな時間に何を焼いていたんですか？」

「遅くなりましたが久美さんへの誕生日プレゼントです」

「え！　ほんとですか、嬉しいです！」

荘介はオーブンから天板にのった大きな四角い焼き型を取りだした。中身を覗きこんだ久美が呻く。

「う……」

「ハワイのバター餅、お気に召したみたいだったから。お腹いっぱい食べてください」

「……荘介さん、これ、カロリーは？」

「うん、計ってないけど」

「物凄《ものすご》いんですね？」

「そうですね」

「……嫌がらせですか？」

眉をひそめる久美を見て、荘介はいたずらが成功した子どものように嬉しそうに笑う。

「バターを使わずに、脂肪燃焼作用があるっていうココナッツオイルだけで作ってみたココナッツ餅なんです。食べてくれる？」

「そういうことなら！」

久美は満面に笑みをたたえ、荘介が切り分けたココナッツ餅に手を伸ばした。

幽霊飴は母の愛

「学校下に幽霊坂ってあるやろう。あそこにな、出るとよ」

町内会長の梶山《かじやま》がスラックスに無理やり押しこんだでっぷりしたお腹を揺らして店に入ってきてから、もう一時間近くになる。サービスの緑茶をすすりながら久美を相手に世間話するのを、梶山は仕事をリタイアしてからここ二年ほどの日課にしている。今日も夏の新作ケーキの試食をしっかり済ませ、本腰を入れて話しだした。

「出るって、イノシシですか？」

「イノシシが出たのは一昨年《おととし》だろう。出るのは幽霊だよ、ユ・ウ・レ・イ」

「はあ……」

気乗りのしない久美の返事に梶山は眉をひそめた。

「なんだよ、久美ちゃんは幽霊怖くないのかい？」

「あいにく、霊感ゼロなもので」

梶山は「ちぇ」と言って口を尖らせた。子どものような反応に、久美は思わず笑う。

「それで、どんな幽霊なんですか？」

久美が水を向けると梶山は膝を乗りだし目を輝かせた。

「女の幽霊なんだ。真っ白な着物を来て合わせは左前。赤ん坊を抱いて『この子に飴をください……』って」

　梶山は両手を胸前にぶらりとさげて幽霊のポーズをしてみせる。久美は笑みを頬に張りつけたまま、梶山の言葉を遮る。

「飴を買いに来てくれるんなら、うちは大歓迎ですよ」

　久美のにこやかな顔を見て、梶山は眉をひそめた。

「少しは怖がってくれてもいいんじゃないかい」

　久美は曖昧に頷く。

「それで、お話の続きはどうなるんですか？」

　久美に促された梶山は嬉しそうに身を乗りだした。

「毎晩、毎晩、飴を買いに来る青白い顔の女。飴屋の主人は不審に思って、あとをつけるわけたい。そうすると女は暗い、暗ーい夜道を人気《ひとけ》のないほうに歩く。主人は寒気を感じて背中を丸める」

「あの、めんどくさいんで、要所だけ教えてくれませんか」

「もう！　久美ちゃんは付き合い悪か！」

「はあ」

　久美は気のない返事をして、それでも梶山にお茶のお代わりを注いでやった。梶山はお茶をすすると、ますます熱のこもった怪談を語りだした。

「女は寺町を歩き、ある寺の中に入っていった。主人はすぐにあとを追いかけた。けれど寺の中に女の姿はどこにも見えない。と、どこからか赤ん坊の泣き声が聞こえた。主人が怖々《こわごわ》赤ん坊の声を辿っていくと、一つの墓の中からその声がする。主人は慌てふためいて走って逃げた」

久美はつまらなさそうに、あくびを噛み殺している。梶山はそんなことには気づかず続きを話す。

「翌朝、主人は寺の住職に仔細を話して聞かせた。住職は墓に近寄ると、地面に耳をあてた。すると！」

「すると？」

めんどくさそうに久美は相槌を打つ。

「地面の下からかすかに赤ん坊の声が聞こえた！　住職は急いで墓を掘りおこした。墓の中には葬られた一人の女の死体。そばには生まれたばかりの、へその緒がついたままの赤ん坊が一人、飴をなめていた」

「死んだあとに赤ん坊が生まれたわけですよね」

「そのとおり！　さすが久美ちゃん、察しがよか」

「察しがいいわけじゃなくて、その話、知ってました。有名ですよね、全国各地に似た話があるけん」

「そこだよ！」

梶山が久美の鼻を指差す。久美は鼻の頭をこする。指を見てみても鼻には何もついてはいなかった。

「全国各地にこの幽霊話はある。つまり、由来がどこかわかっていない！　つまり、由来がうちであってもおかしくない！」

「はあ……」

「そこで、不動尊に続く並木通りの幽霊坂。あそこにさ、飴の幽霊にお出まし願おうってことになったんだよ」

「はあ……」

「そこで、だ。おたくに幽霊飴を作ってほしいとよ」

「飴ですね！」

商売の話になって久美は俄然、目の色を変えた。

「町の名物として売りだす。飴の幽霊話がある地域には必ず飴屋がある。うちの町でも幽霊坂に土産屋をひらいて飴を置こうって話になってな」

「いいですね！」

「じゃあ、飴の試作、頼んだよ」

「お任せください！」

久美はどん、と自分の胸を叩いた。

＊＊＊

「幽霊飴かあ」

久美が三十分の残業をしているところに荘介が帰ってきた。いつもなら、早く帰ってこい！　と、ぎゅうぎゅうと荘介を締め上げる久美だが、今日は両手を広げて出迎えた。その笑みのまま町内会長の梶山からの依頼を荘介に伝えたが、荘介は気のない返事を漏らしただけだ。

「荘介さん、飴を作るの嫌いじゃないですよね」

「まあ、そうだね」

「幽霊が怖いとか？」

「いや、とくには」

「じゃあ、なんでしぶってるんですか？」

唇を突き出した久美を見て、荘介は腕を組んで遠くを見つめるような目をする。

「独創性がないなあ、と思ってね」

「でも、せっかく幽霊坂って名前なんだし……」

「久美さんは幽霊坂の名前の由来を知ってる？」

「いいえ、知りません」

「あの坂でボールを転がすと、坂を上っていくんだ」

「ええ？　そんなバカな」

「もちろん、それは目の錯覚で、上り坂に見えているのは下り坂なんだ」

「ええ？」

久美は首をひねる。荘介は当たり前のことを言い聞かせるような口調で続ける。

「下っているのに上っていくように見える。ありえないから、ありえない幽霊になぞらえて幽霊坂」

「え、ちょっと待ってください」

「なに？」

「結局その坂は、上り坂なんですか？　下り坂なんですか？」

荘介は目をぱちくりすると、嬉しそうに久美に向き直った。

「じゃあ、問題。坂が多い浄水通り周辺ですが、さて上り坂と下り坂、どちらの方が多いでしょうか」

久美は両手で頭を抱える。

「えー⁉　知りませんよう！」

「あと十秒ね。十、九、八、七……」

カウントダウンに慌てた久美はあわあわと口を開け閉めしてから答えた。

「の、上り坂！」

「ブー」

「ええ～。じゃあ下り坂なんですかあ？」

「ブー」

「えー？　じゃあ、答えはなんなんですかあ」

「答えは、両方同じ、ですよ」

久美はしばし天井を見上げて考えた。

「ああ！　坂って、上れば上り坂で下れば下り坂！　坂は坂やん！」

荘介は嬉しそうに笑い、久美は地団太を踏んで悔しがった。

＊＊＊

翌日、久美が出勤すると、珍しく店のショーケースは半分も埋まっていなかった。荘介は厨房でぼんやりと大福餅で餡をくるんでいた。

「どうしたんですか、荘介さん。体調でも悪いんですか？」

荘介は久美に、その美貌を生かした迫力のある笑顔を見せた。

「絶好調ですよ」

「なにか、悩みでも？」

「そうですねえ。悩みと言えば悩みかなあ」

荘介はちっとも悩んでいなさそうな笑顔を湛えている。けれど久美は心配気な様子で荘介を見つめた。

「私でよければ相談にのりますよ」

「ありがとう！　じゃあ早速、試食してもらおうかな」

荘介は調理台に置いてあったバットにかけられた布巾を取った。そこにはずらりと色も形もとりどりに、無数の飴が並んでいた。

「……試食、これ全部……？」

「そう」

「あの……私、ダイエッ……」

「相談にのってくれるんでしょう？」

荘介はにっこりと笑った。


「うっ……ぷ。も、もう勘弁してください……」

久美は三十個目の飴を吐きだして懇願した。顔が青白くなっている。

「そうだねえ。三十個目以上のものは僕の趣味で作っただけで美味しくはないからね。やめましょうか」

「美味しくないって……。じゃあ、今食べた飴は私の舌がおかしくなったとじゃなくて、まずい飴だったんですか……？」

荘介はニヤリと笑う。

「そう。世界一まずいと言われる飴、フィンランドのサルミアッキを作ってみたんだけど、どうだったかな？」

「ばっかも――――ん！」

　久美の右手の甲が芸人の突っ込みよろしく荘介の胸に叩きつけられた。荘介がごほっと咳きこむ。

「どこの幽霊がまずい飴を買いに来るんですか！　大事な我が子に食べさせるものなんですよ！」

「それは、フィンランドの母親が。フィンランド人にとってサルミアッキは美味しいものらしいし……」

「飴幽霊は日本人です！　いくら荘介さんが世界中のお菓子を作りたくても、食べて美味しいものにしてください。赤ん坊だって産まれたての生粋《きっすい》の日本人なんですから！」

　荘介は、はたと膝をうった。

「そうか。飴を食べるのは乳児じゃないか」

「そうですよ？」

「乳児に固形の飴をくわえさせたりして、喉に詰まらせたら大変じゃないか！」

「……それもそうですね」

　久美は人差し指を頬に当てて考えこむ。

「幽霊飴はやわらかくなくちゃいけないんだよ！」

「やわらかい飴？　そんなのあるんですか？」

「あるよ。代表的なのは水飴だよね」

「あ、たしかに硬くない飴ですね。けど、お土産にするのに水飴は……。あんまり売れないんじゃないでしょうか」

荘介は苦笑いを浮かべる。

「そうだね。昭和初期の紙芝居屋みたいに煎餅に挟めば別かもしれないけれど」

「えー？　煎餅と水飴？　食べてみたーい」

「ダイエット中でしょ」

荘介はにっこり笑う。久美は、うっ、と言葉に詰まり、そっぽを向いた。

一般的に知られた幽霊飴はどれもハードタイプだ。琥珀《こはく》色に透き通ったべっこう飴が多い。乳児に食べさせたら、喉に詰まらせる恐れがある小さめサイズ。ならば棒付きのものをしゃぶらせればいいとも思ったが、棒につけて売り物にするとなるとそれなりに大きな飴になる。それに乳児の口に棒つき飴を突っこむのも危ない。

荘介はうんうん唸り店内をうろつき、邪魔です、と久美に邪険にされて店を出た。

「そうだ。赤ん坊が何を食べるのか見に行こう」

荘介は商店街に向かった。

「あら荘介、いらっしゃい！　今日はかぼちゃのいいのが入ったわよ！」

八百屋『由辰《よしたつ》』の店主はまだ年若い女性で、安西由岐絵《あんざいゆきえ》という。荘介の幼馴染みだ。大きな体を生かして野菜が詰まった段ボールを二箱ずつ抱えて運んでいく。由岐絵と荘介は小学校から高校まで同じで、互いの成績表の中身から小さな悪事まですべて知っている。高校からは斑目も加わり結託した。悪事を働いていたのは主に斑目と由岐絵だったが。

由岐絵はおんぶ紐で赤ん坊を背負い、しゃきしゃきと客をさばく。昼下がりの商店街にはちらほらとしか人が通らない。由岐絵の手はすぐに空いた。

「今日は買い物じゃないんだ」

「あら、やだ。お客じゃないなら笑顔が無駄だったわ、笑わなきゃよかった。それで、なんの用？」

「ちょっと隼人《はやと》くんの顔を見に来たんだよ」

そう言うと由岐絵は嬉しそうに笑い、背中にくくりつけた隼人の顔を荘介の方に向けた。

「ほら、隼人。おじちゃんに、こんにちはーって」

「お、おじちゃん……？」

由岐絵はニヤリと笑って見せる。

「子どもがいてもおかしくない年なんやもん。おじちゃんでしょ」

荘介は眩暈《めまい》を起こしそうになって額を押さえた。

「いや、いや、それはいいんだ。年齢のことは今は関係ない。今日は隼人くんの食事情を聞きたくて来たんだ」

「食事情？　なんだそりゃ」

荘介は幽霊飴のあらましを話した。由岐絵は両手を腰に当てて胸をそらした。隼人が背中でちぢこまっている。

「隼人は母乳一〇〇パーセントで育ててますから！」

「母乳、かあ」

荘介はあからさまに肩を落とす。それをしばらく見て隼人に「おじちゃんの顔、おもしろいねー」などと話しかけていた由岐絵がふと真顔になった。

「そういえば、お義母さんから離乳食が送られてきてたわ。見る？」

「見せて！」

由岐絵が店の奥、二階の住居へ続く階段の下からダンボール箱を引っ張りだす。

「由岐絵……。もらいものをそんな埃《ほこり》だらけにして……」

「だって使わないんだもの」

由岐絵はけろりと言う。さっと埃を払い、開けたダンボールの中は三分の一ほど荷物が入っているだけで、すかすかしている。

「なんだ、離乳食、食べさせたんだ」

「まさか！　箱には一緒におむつが入ってたの。それだけはありがたく使ったわよ」

荘介は嫁姑《よめしゅうとめ》の確執に思いをはせながらこわごわとダンボール箱を覗きこんだ。中にはレトルトパウチや瓶詰のベビーフードがこんもりと積まれている。いくつか手に取って見てみる。「有機野菜のお粥《かゆ》」「お魚と有機野菜のベビーフード」「丸ごとかぼちゃペースト」「さつまいものやわらか煮」などなど。

「なんだか美味しそうだね」

「よかったら持っていっていいわよ。お義母さんも喜ぶわ」

「いや、喜びはしないよね……」

荘介はぶつぶつ言いながらも、いくつかのレトルトパウチをもらって帰った。由岐絵の背中で隼人が手を振り見送ってくれた。

＊＊＊

「うっわ、美味しい！」

ベビーフードを試食した久美が小さく叫んだ。

「ほんとだ、これは……。赤ん坊がグルメになってしまうね」

「こんな美味しいものを食べてるなんて、最近の子どもは贅沢ですねえ」

荘介は苦笑いする。

「久美さんだって、つい最近まで子どもだったでしょう」

「離乳食は二十年以上前に卒業しましたから！」

「それはまあ、置いておいて。だいたい乳児の栄養状態を保つためにはお粥が一番だということがわかったね」

「そうですねえ。だいたいがお粥ですね。母乳と成分が似てるんでしょうか」

「うーん。餅米を食べると母乳の出が良くなるとは言うけど」

「じゃあ、手っ取り早く母親を経由せずに赤ちゃんの口に餅米を突っこんで食べさせちゃえばいいですね！」

荘介は苦笑いしてまたなにか口を開こうとしたが、ふと真顔になった。

「久美さん、それはいい考えだよ」

そう言い残すと、荘介は厨房に駆けこんだ。


久美の終業時間になっても荘介は厨房でばたばたしていた。久美はそっと首だけ厨房に突きだし声をかける。

「荘介さーん。私、帰りますからお店お願いしまーす」

「ちょっと待った、久美さん！」

「えー。残業は嫌ですよお」

「試食だけ、試食だけちょっとだけお願い」

両手を合わせて申し訳なさそうに言う荘介に、久美は溜め息をつく。

「もう。ちょっとだけですからね」

軽くため息をつきながら久美は厨房に入った、調理台にずらりと並んだ平たい長方形の餅のようにやわらかな飴を見て、口をぽかんと開ける。

「なんですか、これえ！」

「飴だよ。朝鮮飴」

「朝鮮飴？」

「うん。文禄《ぶんろく》・慶長《けいちょう》の役のときに加藤清正が兵糧《ひょうろう》にしたから朝鮮飴って名前がついたんだ。餅米と水飴と砂糖で作る。朝鮮飴は作っている店によってレシピが違うんだよ。どれが一番美味しいか、試してみてほしいんだよね」

「私、ダイエ……」

「ダイエットは明日から、でしょ」

にっこりと笑う荘介の笑顔に久美は逆らえなかった。


「う……っぷ。もうだめです」

「すごいよ、久美さん。全三十種完食だ。それで、どれが一番美味しかった？」

「……たぶん、ですけど。食べ過ぎてもうどれがなんだか自信ないですけど。この茶色いのが甘ったるすぎなくて美味しかったです。やわらかいけどコシがあるので赤ちゃんなら飲みこんじゃうこともないでしょうし」

荘介は嬉しそうに両手を叩きあわせる。

「やっぱり！　江戸時代までは朝鮮飴は玄米と黒砂糖で作られてたんだ！　基本が一番美味しいんだよね、結局。飴幽霊も江戸時代の話だし、きっと飴屋の飴も褐色だったと思うんだ。それに……」

「美味しいのがわかっとったなら、試食なんてさせるなー！」

荘介の胸に、久美の右手の甲が炸裂した。

＊＊＊

幽霊坂に作られたプレハブは初夏の山の緑に映える水色だ。その土産物屋に荘介の幽霊飴が並んだ。久美は当座しのぎのアルバイトとして土産物屋に立つ。その間、荘介に店を任せる不安はあったが事業拡大の第一歩、と嬉々として仕事に励んだ。

土産屋での勤務三日目、八百屋の由岐絵が隼人を背負ってやってきた。

「由岐絵さあん！　いらっしゃいませ！」

「おお？　大歓迎だねえ、嬉しいなあ。どう、繁盛してる？」

久美は由岐絵の両手を握り、ふるふると首を横に振った。

「そんな捨てられた子犬みたいな顔しないの、もう。持って帰りたくなるじゃなーい」

由岐絵はその豊満な胸に久美をぎゅっと抱く。久美は由岐絵の胸に顔を埋めて、泣きごとを言う。

「ちっとも売れませーん。てかお客さん来ませーん。車もときどきしか通りませーん」

「仕方ないなあ。この由岐絵姉さんが買ってあげようじゃないの」

久美は由岐絵の両腕を取ると、ぱっと笑顔になった。

「いらっしゃいませ、お客様！　どれになさいますかあ？」

「そうだねえ、一番小さい箱をくださいな」

がっくりと肩を落としながらも久美はてきぱきと商品を取りだし、由岐絵に手渡す。支払いを終えた由岐絵は店の脇に設置されたベンチに座って、隼人を背からおろした。

「ほい、隼人、幽霊飴食ってみるか」

「え、隼人くん、母乳だけなんじゃ……」

「もう七か月だからねえ。少しは歯固めしないとね」

飴の箱を開けて「おお、美味しそうじゃないの」と言いながら飴を自分の口に入れる。くっちゃりくっちゃりと二口ほど噛んで、ぺろりと飲みこんでしまった。口に合ったようで、ぱっと笑顔になる。

「うん。美味しい。これはいいねえ」

次の飴を隼人の口元に持っていくと、隼人はぱくりと食いついて、ちゅうちゅうと吸いだした。

「はは。隼人も気に入ったみたい」

「そうですか！　ありがとうございます！」

久美は元気よく頭を下げた。

「そうかあ。結局お客は由岐絵だけかあ」

がっくりと肩を落とした荘介に、久美は慰めの言葉をかける。

「でも、赤ん坊が喜んで食べてましたから、幽霊飴としては成功ですよ」

「そうだなあ。店に出産祝いの贈答品として置いてみようか。妊婦さんにはうってつけだしね」

「そうですね！」

二人が飴のディスプレイについて話し合っていると、町内会長の梶山がやってきた。

「やあ、お二人さん。ちょっと頼みたいことがあるんだけどねえ」

久美は口の端をヒクつかせたが、なんとか笑顔になり聞き返す。

「なんでしょう」

「実はね、町はずれの廃墟にね、出るんだよ」

「……イノシシがですか？」

「違うよ、幽霊たい。それでさ、廃墟が流行《はや》ってるって言うやろ。廃墟土産を作ってさ、売ったら町のPRになるでしょ、それで……」

荘介と久美は顔を見合わせて大きな溜め息をついた。

菩提樹《ぼだいじゅ》の下で乳粥を

「あれ？　久美さん、彼氏さんですか？　今からデートならマリンワールドの割り引き券がありますよ」

カンカン照りの夏の陽の中、涼しい顔で店に戻ってきた荘介が言う。店の隅の椅子に気の弱そうな細身の青年と並んで腰かけていた久美が慌てて立ち上がり、両手を大きく振りまわした。

「ち、違います！　これは高校のときの同級生で……」

青年は床を見つめ覇気なく、ぽそりとつぶやく。

「ひどい……。力いっぱい否定しなくても……。それに『これ』呼ばわりだし……」

それを聞きつけた久美が青年を半眼で見下ろす。青年はちぢこまって、ジーンズの中に裾を押しこんであるチェックの半袖シャツの襟をいじって視線をそらす。久美は両手を腰に当てて胸をそらした。

「言いたいことがあったらハキハキしゃべんなさい。ハキハキと！」

荘介は苦笑いして厨房へ入ろうとした。

「あ、待って下さい、荘介さん。こいつ、注文があるんですって」

「……今度は『こいつ』呼ばわり……」

「うるさいな！　ハキハキ用件だけしゃべりんしゃい！」

久美にせっつかれ、青年は話しだした。

「あの、僕、大学で仏教学を勉強してます、藤峰《ふじみね》と言います。実は今度、学校から有志を募ってインドの仏蹟《ぶっせき》を巡る旅行があるんです。僕も行きたいんですが……」

青年は言葉を切り、もじもじとスニーカーの爪先を見つめる。

「ああもう！　うっとうしか！　それで、こいつも行きたいんだけど、飛行機が怖くて乗れないって言うんです」

久美の剣幕に藤峰は背中を丸め、荘介は口元を覆って笑いをこらえた。

「それで？　インド旅行と菓子店にどんな繫《つな》がりがあるのかな？」

笑いをふくんだ声で荘介が尋ねると、藤峰は上目づかいで荘介を見つめ、消え入りそうな小さな声で囁《ささや》いた。

「乳粥を……食べてみたくて」

「なるほど」

簡単に頷いた荘介に久美は目を丸くする。

「なるほどって。荘介さん、乳粥を知ってるんですか？」

「知ってるよ。スジャータの乳粥でしょう？」

「知らないのは久美くらいだよ……」

ぼそっとつぶやいた藤峰を久美がにらむ。

「悪かったわね！　無知で！」

「久美さん、そんなに怒らないで。藤峰くん、乳粥があったらインド旅行のかわりになるのかな？」

藤峰は顔を上げると幾分はっきりした声で語りだした。その目はどこか熱をおびていてギラリと光っている。

「はい。僕の卒論のテーマは『仏陀《ブッダ》の食』なんです。仏陀が若いころに食べていた宮廷料理、托鉢《たくはつ》のときの庶民の料理、そして一番重要な乳粥！　仏陀が苦行を捨て中道《ちゅうどう》を見出したとき、はじめに口にした大事な食べ物で、スジャータという娘が仏陀にささげた供え物。仏陀の命を本当に救い、菩提樹の下で悟りをひらく力になったのはこの乳粥と言ってもいいでしょう。それを実際に食べてみたかったのですが……」

青年の声は弱々しくなり、また俯く。久美はそんな青年を冷たく半眼で見下ろしてから荘介に疑問をぶつける。

「けどお粥なんて、荘介さん作れるんですか？　お菓子以外の料理はぜーんぜんまったくだめなのに」

荘介は笑って答えた。

「いくら僕でもお粥くらいは作れるけれど。赤飯だって炊けますし。それに乳粥は、病気のときに食べるタイプのお粥ではないんだよ。インドではパヤサムといってデザートにあたる食べ物なんだ。神々への供え物としても使われるんだよ。材料は米と乳、砂糖と果物、ナッツ類、あとはナツメグかな」

青年は椅子を鳴らして立ちあがり、ぶるぶると唇をわななかせながら荘介の手を握りしめた。

「か、完璧です！　そうです、それが乳粥です！　お願いします、あなたしかいない、僕のスジャータは！」

荘介は曖昧な笑みを浮かべ青年の手をやんわりと離しながらも、力強く頷いた。

「君のスジャータにはなりたくないけど……。乳粥のご注文は承わりました」

青年は感極まった様子で、何度も何度も頭を下げた。

＊＊＊

それからの荘介は毎朝、店に出すお菓子類をいつもよりずっと早い時間に作り上げると、どこへともなく出かけていった。出かけていくのはいつものことなのだが、コックコートと白帽を脱いで、きちんとした襟《えり》付きの服を着て、真面目な顔で出ていくので久美も何も言えない。多分、乳粥に関係したことなのだろうとは思ったが、何をしているのかはさっぱり見当もつかなかった。

ある日の夕方、荘介は大きな米袋を担いで帰ってきた。

「うわ、それ全部お米ですか！　どれだけ入っているんですか？」

「二斗。三〇キログラムだね」

「どうするんですか、そんなに」

「乳粥にするよ」

「そんなに⁉」

「いや、使うのは一握りくらいなんだけれど、農家さんの希望で二斗買うことになっちゃってね」

荘介はにこにこ笑いながら米袋を置くと、封を開けて中身の米を手ですくい、久美に差し出して見せた。

「赤い！　それに長い！　なんですか、これ」

「インディカ米、バスマティって言うんだけどね。日本で作っている農家さんが少なくて探すのに苦労したんだよ」

「……あ！　じゃあ、これもお米⁉」

久美はダッと走って、厨房から両手に余る大きな包みを抱えてきた。

「三キロくらいあるんですけど……」

「ああ、無事に届いたね！　それは砂糖ですよ。ジャガリーという、サトウキビから作るインド特有のお砂糖なんだ。古くからあるものなんだよ」

荘介は満足げに頷くと、パン！と大きな音を立てて手を叩いた。

「じゃあ、乳粥を作っていこう！」

大至急、と久美から呼び出されて駆けつけた藤峰は、インディカ米の大袋を見てぼうぜんと立ちつくした。

「ぼ、僕、こんなにたくさん食べられません……」

「あなたのご注文なんですから、ちゃあんと召し上がっていただかないと困りますわあ、お客様」

ニヤニヤ笑う久美の頭を、荘介がぽんと叩く。

「あんまり脅さないの。大丈夫だよ藤峰くん。そのお米全部使うわけじゃないからね」

荘介はボウルに入れた米を藤峰に見せてやる。二合程度であろう量の米に、藤峰は胸をなでおろした。

「せっかくだから藤峰くん、作ってみるかい？」

「えええ!?　僕お菓子作りなんてしたことありません！」

藤峰は顔を青ざめさせて、あとずさる。

「お粥作りは？」

「それもありません……」

「よし、それじゃ初体験だ。いい経験になるよ」

荘介はほがらかに笑いながら藤峰に鍋を手渡す。

「まずは鍋に牛乳を入れて中火で沸かすんだ」

「ぎゅ、牛乳の量は？」

「適宜」

「てきぎ!?」

「まあ、鍋の六分目くらいまでかな」

藤峰はおっかなびっくり、腰が引けた状態で、しかし几帳面に慎重に牛乳を注ぐ。久美が荘介に訊ねる。

「牛乳にこだわりはないんですね」

「時代が変わっても牛は牛だろうからね。でもできればインドの牛乳を使いたかったんだけど……、輸入はされていないみたいで」

心底残念そうな荘介に、久美は今一つ共感できない。

「できました！」

藤峰は直立不動で、今にも敬礼でもしそうな勢いで報告する。荘介も笑いをこらえながら真似して直立して答える。

「よろしい！」

鍋は中火で温められていく。

「では、あとは牛乳が沸いたら、米とスパイスとナッツと砂糖を入れて、煮込めば出来上がりです」

藤峰がぽかんと口を開ける。

「それだけですか？」

「それだけです」

はあーっと深い溜め息をつきながら藤峰はしゃがみこんだ。

「なんだ、これだけのことだったんですね。お菓子を作るって言うから、てっきり混ぜたり捏ねたり大変なんだとばかり……」

「お菓子と一口に行っても作り方は千差万別、素人では手が出せないような手間がかかるものもあれば、材料を揃えて混ぜるだけなんてものもあります。お菓子作りに大事なのは固定観念を捨てることです」

「固定観念を捨てる……？」

「お菓子は甘いものだとか、手作りするのは女の子だけだとか、材料が高級ならば美味しいはずだとか」

荘介は話しながら鍋を覗きこんで牛乳が沸騰していることを確かめた。藤峰を手まねきして、米を渡す。

「好きなだけ入れてください」

藤峰は米の入ったボウルを振って少し考えたが、勢いよくすべての米を鍋の中に投入した。手渡されたナッツもスパイスも砂糖も、豪快に摑んで投げこんだ。

「あとは米がやわらかくなるまで煮るだけです」

荘介の言葉に、藤峰は深い深い溜め息をついて座り込み、顔を伏せた。

「どうしたのよ、もう疲れちゃったの？」

藤峰は久美の言葉に、首を横に振ってみせる。

「乳粥がこんなに簡単に作れるって知っていたら、僕はもっと早く作っていただろうにと思って」

久美はムッとして藤峰の隣にしゃがみこみ、彼の顔を覗きこむ。

「あのねえ、この乳粥は荘介さんが必死に歩きまわって集めた……」

荘介は久美に向かって、口の前に人差し指を立てて見せた。藤峰は二人のことなど目に入らぬ様子で喋り続ける。

「僕はいつもそうなんだ。やる前から怖がって一歩も進めない。どんどん先に歩いていく人たちを羨ましそうに見ているだけなんだ」

厨房には米が煮えるふつふつという音と藤峰が漏らす言葉だけが響いた。

「今度の旅行もそうだ。僕は乗ったこともない飛行機が怖くて、みんなが旅立つのを恨めしそうににらんでいるんだ。それでも諦めきれずに乳粥を食べたいなんて言って迷惑をかけて」

「迷惑なんかじゃないですよ」

藤峰が顔を上げる。荘介は神妙な顔で鍋と向き合っている。

「お菓子屋にお菓子を作ってほしいと注文することの、どこに迷惑なことがあるでしょう。僕はいつでも、どんなお菓子でも作りたくて仕方ないんです」

藤峰はしばらく黙って荘介を見上げていたが、ふいに立ち上がるとコンロの前、荘介の隣に立った。

「乳粥はもう煮えたでしょうか？」

荘介はスプーンで米をすくって藤峰に渡した。

「味見してみてください」

スプーンを口元まで運び、藤峰はその香りを胸いっぱいに吸いこんだ。

「ああ、インドってこんな香りがするのかなあ」

そう言って、口いっぱいに米を頬張る。

「あひ、あひい！　あひい！」

久美が水をくんで藤峰に手渡す。涙目で水を飲みこんだ藤峰は、荘介を見つめ、満面の笑みで頷いた。

「美味しいです！」


出来上がった乳粥を、厨房の小さな椅子に座って三人並んで食べた。

「お米と牛乳って言うから激マズかと思ってたけど、日本米と違ってお米がプチプチした食感で温かいシリアルみたい。なかなかイケるわね」

「久美、激マズだと思うそれが、固定観念ってやつだよ。自分の思考に縛られてるんだ」

「なによ、えらそうに。自分だって頭ガチガチのくせに」

久美の言葉に、藤峰は勢いよく立ち上がると宣言した。

「僕、インドに行きます！」

「えええ!?　飛行機はどうするのよ？」

「飛行機が怖いって思いも固定観念でしかないんだ。僕は一度も飛行機に乗ったことがないんだから。でも、乗ってみたら案外楽しめるかもしれない。案外簡単なことかもしれない。それは実際に体験してみないとわからないんだ」

藤峰は荘介に深々とお辞儀した。荘介は笑顔で頷いた。

＊＊＊

「今頃、藤峰は飛行機の上かあ。やつも乳粥で悟っちゃったのかな。飛行機は怖くなんかないんだって」

数日後、店番をしながらつぶやいた久美に、めずらしく真っ昼間に厨房で何か作っていた荘介が答えた。

「久美さんも行ってみたかったですか？　インド」

「えー？　私は別に。万国菓子舗がインドにたどりつきましたから満足です。それより荘介さん、何を作ってるんですか？」

「乳粥です」

久美は盛大に顔をしかめた。

「またあ？」

「お米が余ってますからね」

「そんなの、普通に炊いてカレーかけて食べたらいいじゃないですか」

荘介は、ぽんと手を打つ。

「そういう使い道がありましたか！」

久美はニヤリと笑う。

「荘介さんの頭の中だって、食材はみーんなお菓子にしちゃうっていう固定観念だらけみたいですね」

荘介は照れたように笑うと、牛乳の入った鍋を火にかけた。

トルコから愛をこめて

「あっついわねえ」

カランカランと店の扉を押しあけながら由岐絵がうなる。夕立の湿気を含んだ空気がむわっと店の中に入ってきた。荘介の幼馴染みである由岐絵は八百屋『由辰』の店主で、店で使うかぼちゃなどを配達してくれる。けれど今日はそうではないらしい。

「いらっしゃいませー」

久美の明るい挨拶に手を振りながら、冷房の風が直接当たる位置に移動して手でぱたぱたと顔をあおぐ。由岐絵はいかにも夏！といった風情で、Ｔシャツの袖を肩口まで捲りあげ、たくましい二の腕を見せている。背中には隼人がおんぶ紐でくくりつけられていて、そのせいで由岐絵の体温がよけいに上がっているように思われた。

由岐絵は椅子に腰かけると背から下ろした隼人を膝の上に座らせた。

「あー、だいぶ涼しくなったわ」

久美がサービスの麦茶に氷をいっぱい入れて出す。由岐絵は喉を鳴らして飲んだ。

「うまかー――！　この一杯のために生きてる！」

久美はくすくす笑う。

「まるでビールを飲んだ人みたいですね」

「お？　ビールを飲んだおっちゃんみたいだって言った？」

「そこまでは言ってません」

由岐絵は背もたれに肘を乗せ、斜《はす》に構える。

「どーせどーせ、あたしはおっちゃん化してますよーだ」

久美は苦笑いしながら麦茶のお代わりを注いでやる。

「今日は涼みに来られたんですか？」

にっこり尋ねる久美に、由岐絵は胸をそらして答える。

「注文に来ました！」

「え！　うそ！　由岐絵さんが!?」

由岐絵は拳《こぶし》を握って久美を殴るマネをする。

「あたしだって買うときは買うんですー」

「うわあ、斑目さんみたいなこと言ってる……」

「あいつと一緒にしないでよね！　……ってか、まさかそんな、斑目がお菓子を買ったの？　自腹で？」

「そうなんですよ。びっくりでしょ」

二人はしばらく斑目をこき下ろす会話を続けた。女同士の辛辣な会話など隼人は興味なさそうに、うまうま、とつぶやいている。

「あ、そうだ。注文いただいても今日は荘介さん、出かけてていないんですよ」

「いないのはいつものことだけど……。帰ってこないの？」

「戻るのは閉店より遅くなるって聞いてます」

由岐絵は壁のカレンダーを眺めた。

「ああ、そうか。お盆なんだね」

「お盆って、まだ七月ですよ」

「あっちは新盆《にいぼん》なんだよ」

「へー。荘介さんの田舎はこの辺りじゃないんですか？」

「あいつの出身はこの近くだよ。あいつじゃなくて、美奈子《みなこ》が……」

「みなこって……？」

久美が問いかけた言葉を、由岐絵は大きな声で遮る。

「あ、そうだ注文するんだった！」

「あ、そうでした！　承ります！」

「ドゥンドゥルマが食べたいんだ」

「どぅ……、どぅん？」

「ドゥンドゥルマ。トルコのアイス」

「ああ！　長く粘って、のびーるやつですね。小さいころコンビニで買って食べました」

「あれはトルコ風のアイスでしょ。私が食べたいのは本物のドゥンドゥルマなの」

「本物と『風』だと、どう違うんですか？」

「味が違う」

「作り方とかは？」

「知らない」

「えー……」

「荘介なら知ってるわよ」

「そうですね。じゃあご注文承りました。いつできるかは荘介さんが帰ってこないとわからないんですけど……」

「いつでもいいよ。出来上がったら電話してくれれば食べに来るから」

「一人分でいいんですか？」

「うん。でも大盛りでね。この子も食べるから」

由岐絵は隼人の手を持ち、振ってみせた。久美も小さく手を振りかえした。

「さて。汗も引いたし行こうかな」

隼人を背に負い、由岐絵は立ち上がった。久美が先に立って店の扉を開けてやる。湿気の多いべたつく風がむわっと店内に流れ込む。久美は一瞬立ち止まり、気合いを入れて扉を全開にした。

「ありがとうございました。またお待ちしています」

頭を下げる久美に、由岐絵は手を振り大股で商店街を抜けていった。

「ドゥンドゥルマ、それはまた懐かしい」

モンブランにのせる栗にゼラチンをかけながら荘介がつぶやく。

「荘介さんは食べたことあるんですか？」

「うん。愛・地球博で」

「なんですか、それ」

「愛知万博のことだよ。平成十七年だったかな。ずいぶん盛りあがったんだ」

「へえ、全然覚えてないです」

「久美さんは行かなかったんだね。小さいころのことはすぐ忘れちゃうものだからね」

「なんか私が忘れん坊って言われてるみたいに感じるっちゃけど」

荘介はハハハと笑って否定しない。久美は眉を吊り上げて荘介に詰めよる。

「それじゃあ荘介さんは万博のこと、はっきり覚えてるんですか？　何から何まで？」

「何から何までとはいかないけれど、大体は覚えてますよ」

「大体ってたとえば、なんですか？」

荘介は腕組みして考える。

「世界各国のレストランが軒《のき》を連ねてたんだけど、由岐絵が片っぱしから入ってメニューを制覇していったとか、斑目が酒を浴びるように飲んでいたとか」

「それっていつもどおりじゃないですか」

荘介は吹きだす。

「そうだね、代わり映えしないね」

「昔っからいつも三人で遊んでたんですか？」

「そんなに一緒にいるわけでもないよ。他の人が一緒のことだってあるんだし」

久美が小首をかしげて尋ねる。

「他の人って、誰か他にも万博に一緒に行ったんですか？」

荘介は一瞬、目を見開くと、ふっと久美から視線を外した。

「そう〝予約注文〟の話でしたね。それで、由岐絵は『本物のトルコアイス』って言ったんですね？」

突然、切り替わった話題と荘介の硬い声に戸惑いながらも久美は仕事の顔に戻る。

「そうです」

「隼人にも食べさせたい、と」

「そうです」

荘介は腕組みして唸る。

「難しいなあ」

「なんでですか？」

「トルコアイスはサーレップっていうラン科植物の根を粉にしたものを使うんだ。それが粘り気の正体なんだけど。これのおかげでトルコアイスは物凄く粘る。喉に詰まらせる危険があるほどに」

久美が首をかしげる。

「えー、そこまで？」

「トルコの人はトルコアイスを食べるときには水を用意するそうだよ」

「うーん。それじゃあ赤ちゃんには……」

「普通は食べさせられないと思うね」

「じゃあ、注文は断るしか……」

「いや、作ります」

荘介は力強く頷いて笑顔になる。

「どんなお菓子でも作るのが、うちのモットーですからね」

久美も嬉しそうに笑って頷いた。


「おー。懐かしのドゥンドゥルマ！」

久美からコーンに入ったアイスを受け取ると、由岐絵はさっそく口に入れる。そのまま三角のコーンを引くと、アイスはみよーんと伸びた。

「美味っしい！　これこれ。これが食べたかったのよお！　この恐ろしい甘さ！　このわけわからない粘り！」

大喜びでステップを踏む由岐絵に、背中の隼人が振りまわされている。それでもまったく動じない赤ん坊に久美は大物になる予感を感じた。

ひとしきり踊って満足したのか、由岐絵は隼人を背中から下ろすと膝に抱き、ドゥンドゥルマを口元に持っていく。久美は両手を握りしめて見つめた。隼人はぱくりとドゥンドゥルマに食いつくと、ちゅうちゅうと吸う。飲みこむそぶりは見せない。久美はほっと胸をなでおろした。

「おお、隼人も気に入ったみたいだわ。ありがとねー、美味しいわあ。あとは、荘介が変なパフォーマンスしながら渡してくれたら完璧だったんだけど」

「なんですか？　変なパフォーマンスって」

「こんな」

そう言うと、由岐絵はドゥンドゥルマのコーンを持って逆さにしたり、ぐるぐる回したり、口にくわえて手を離したりしてみせる。それでも粘り気の強いアイスはコーンに接着されたように安定している。久美は大きな拍手を送った。

「すごい、由岐絵さん！　手品師みたい」

「ははは、ありがと。地球博ではこんなことを売り手がしてくれたんだ。渡すように見せて、すっと引っこめたり。斑目が見事にからかわれて、みんなでめっちゃ笑ったよ」

「見てみたいなあ。でも残念ですけど、荘介さん、外に出てまして」

「ああ、また徘徊しているの」

「徘徊って……。さっき出ていったばっかりですけど、一応目的地くらいはあると思いますよ、たぶんですけど」

「どうかなあ。でもとりあえずお礼言っといてよ」

「ところで、ドゥンドゥルマって恐ろしく甘いって由岐絵さんが言ってましたけど、そんなになんですか？」

「うん、ありがとう」

「……と伝言されました」

荘介は頬に笑顔をのせて答える。

「せっかくだから久美さんも食べてみる？　正統派ドゥンドゥルマ」

「え！　いいんですか？　食べたい食べたい」

荘介は冷凍庫からボウルを取りだすと、冷蔵庫に入れた。

「え……あの、荘介さん？　何してるんですか？」

「解凍だよ。冷凍庫から出したてだと、がちがちなんだよね」

「解凍って、どれくらいかかるんですか？」

「二十分くらい」

「はあ」

二人は厨房で椅子に座って冷蔵庫を眺め、ぼーっとする。

「そういえば荘介さん。由岐絵さんのドゥンドゥルマは、どうやって隼人くんが間違って飲みこまないようにしたんですか？」

「一般的なものより硬くしたんだ。赤ん坊が噛み切れないくらいにね」

「確かに隼人くん、ちゅうちゅう吸ってました」

「吸うのは得意だろうからね」

「でも、難しい注文のわりには解決法は簡単でしたね」

「世の中、真理はシンプルなんだよ」

「そういうものですか」

「たぶんね」

　久美はふと思いついて笑顔で聞いてみた。

「荘介さんの放浪癖も真理を追求すれば解決するんじゃないですか？」

「真理って？」

「厨房にいたくない理由があったりして」

　荘介は口を固く引き結ぶと床を見つめる。いつも浮かべている微笑も消え、その表情は泣きそうにも怒りそうにも見えた。聞いてはいけないことを聞いたのかもしれない、と久美はそっと視線をそらし、冷蔵庫に目を戻した。冷蔵庫はひんやりと荘介の思い出を冷たく閉じこめているようだった。

明日のためにクッキー食うべし

「おおおおー。前《まえ》ちゃん、つるっといったなあ！」

斑目が前沢《まえざわ》の頭を抱えこみ、くるくるとなでる。前沢の額は大きく広がり、その領地は今や全頭に達しようとしていた。荘介は斑目の手から前沢を引きとると、斑目の頭を軽く小突いた。

「斑目、飲み過ぎだろう。眠ったら置いて帰るからな」

「へいへーい」

適当な返事をした斑目はよろりよろりと歩いて他の同級生に絡みにいく。その後ろ姿を見送って前沢は汗を拭きつつネクタイを緩めた。強すぎる冷房が今は心地良いらしい。

「助かったよ、荘介。斑目の絡み癖は変わらんなあ」

「あれは一生ものだろうね」

荘介は、残業から解放されてやっと駆けつけた前沢の隣に座り、一杯目のビールを注いでやった。

「しかしみんな変わったなあ。一目見ただけじゃあ誰が誰やら」

「同窓会、十年ぶりだものね。まあ、前沢が一番変わっちゃったけどね」

「悪かったな、禿《はげ》で」

「それにお腹もすごいよね」

「あいかわらず歯に衣着せぬやつだなあ。荘介、お前はちっとも変わらないで。今でも学生やってるんじゃないか？」

「まさか。家業を継いだよ」

「親父さんの跡か？　警官になったのか？」

「いや、祖父の跡を継いだんだ。菓子店をね」

「お前んち、ケーキ屋だったっけ」

前沢が手酌でビールをぐいぐいと飲む。荘介はグラスを手にしただけで、もう口は付けていない。

「祖父の代まではケーキだけだったけど、今はいろいろあって世界中のお菓子をなんでも作るよ」

「世界中って、たとえば？」

「和菓子とか、トルコのバラクバとか、北欧のリコリス菓子とか」

「へえ！　そりゃあいいな」

前沢は正座して身を乗りだす。

「一度、店に行ってみんといかんな」

「前沢はお菓子が好きだったよね」

「おう！　大好物よ！　ただなあ……」

はあっと大きな溜め息をついて前沢は自分の腹の肉をつかんでみせる。

「女房がダイエットってうるさいんだよ。家ではお菓子なんか食べさせてもらえない。外で食べてきてもなぜかわかるみたいで、買い食いも禁止されてさあ」

つらそうに話しながら、けれど手酌のビールは止まらない。

「酒も一日に発泡酒一本こっきりだし、俺は何を楽しみに生きていけばいいのか」

嘆きながら、しかしやっぱり手酌のビールは止まらない。荘介は笑いながら前沢に新しいビールの瓶を取ってやった。

「前沢、よかったら僕の店に来てよ。ダイエット用のお菓子を作るから」

「ほんとか、荘介！　やっぱりお前は頼りになるなあ！　斑目とは大違いだ」

「俺がなんだってえ」

前沢の後ろから斑目が抱きつき、ワイシャツの肩に顎を乗せる。

「ま、斑目！　なんでもない、なんでもないぞ！」

慌てる前沢の両腕を斑目がホールドする。

「言わないやつは、こうだあ！」

ボディープレスの要領で前沢を転がし、その胸に斑目が飛び乗る。前沢が大げさな叫びを上げる。同級生たちの笑いが大きくなる。同窓会は深夜まで盛り上がり続けた。

＊＊＊

「づあー。頭いてえ。久美ちゃん、お茶ちょーだい」

久美は緑茶に梅干しを入れてやり、斑目の前に置いた。

「斑目さん、いくらなんでも飲みすぎですよ。体中から、ぷんぷんお酒の臭いがしてるじゃないですか」

斑目は緑茶をすすりながら久美から目をそらす。

「そんなに飲んでないぜ。臭いは服に付いてるんだろ」

「ええ！　斑目さん着替えてないんですか？　きたなーい」

「いや！　着替えたって！　風呂も入ったって！」

久美はまだ怪しんでソロリソロリと斑目から距離をとる。

「だから、久美ちゃん……」

「二人とも、お客様ですよ」

厨房から聞こえた荘介の声にドアの方を見ると、残暑の中を歩いてきたらしい前沢が、額の汗を拭き拭きそこに立っていた。

「おおー。前ちゃん、どうしたこった、その頭は！　つるっといったなあ」

厨房から出てきた荘介が斑目の頭を軽く突っつく。

「斑目、昨日の記憶、ほんとにないんだね」

「記憶な、あるって。前ちゃんが遅れてきた罰に裸踊りを披露《ひろう》したろ」

前沢が斑目の額にチョップを落とす。

「お前はまた適当なことを言って」

久美は斑目のことは放っておいて、店員の笑顔を浮かべた。

「いらっしゃいませ。ご予約の品、できてますよ」

ショーケース裏のカウンターから小皿に盛られたクッキーを差しだす。丸型で少し黄色がかったクッキーが三枚のっている。

「こちらでお召し上がりになりますか？」

前沢は嬉しそうに頷くと、ウキウキした様子で斑目の前の席に座った。久美がクッキーとお茶をテーブルに置く。

「久美ちゃん、それ俺のお茶と違うんだけど」

「ルイボスティーです。ダイエットにもいい健康茶なんですよ」

「俺も飲みたい」

「やだー。斑目さんにはダイエットなんて、ぜーんぜん必要ないじゃないですかぁ」

久美はわざとかわいらしく微笑みながらショーケースの内側に引っこんで、斑目の言葉を無視した。斑目は無言で前沢のカップを取りあげてルイボスティーをすする。

「お、濃い目。ちゃんと煮だしてるんだな。偉いぞ、久美ちゃん」

「おい、斑目返せ。俺のお茶だぞ」

斑目の手からカップを取りかえして口を付ける。眉を寄せてじっくり味わっていた前沢は意外だというように表情を明るくする。

「ダイエットにいいって言うから苦いのかと思ったら、ほんのり甘くてうまいな」

その言葉に荘介が嬉しそうに口を開く。

「ルイボスティーは栄養豊富で、特にケルセチンという抗酸化作用の強い成分が注目されているんだ。体内の活性酸素を除去してくれるから……」

「荘介……」

前沢が申し訳なさそうに口を挟む。

「クッキー、食べていいか？」

荘介は、はたと我に返り、仕事用のとびきりの笑顔を見せる。

「どうぞお召し上がりください。お口に合うとよいのですが」

前沢はクッキーを手に取ると、あっという間もなく口の中につっこんで、モゴモゴと噛みしめた。

「か、辛い！」

叫んでカップのルイボスティーを一気飲みする。

「なんだこのクッキー、辛いじゃないか！」

「うん。カレー味にしてみたよ」

「激辛カレーじゃないか！」

斑目が憤る前沢の手からクッキーを奪い、口に放り込む。

「そこまで言うほど辛くはないだろうよ」

「お前は心の準備ができてたからいいだろうが、俺は甘いと思って食べたんだぞ。驚くに決まってる！」

荘介はいたずらが成功した子どものような笑顔で尋ねる。

「それで、カレー味はお気に召さなかったでしょうか？」

前沢は落ちついて椅子に座り直すと、もう一つクッキーを取り、しっかりと噛みしめて食べた。

「うん。なかなかいける。ただちょっと辛すぎるけどな」

「これくらい辛くしておけば、一度にたくさんは食べないだろう？　原料も小麦粉を減らしておからを多めで作ってる。砂糖も入ってないし、ターメリックが豊富だから脂肪の代謝もよくなると思うよ」

「ターメリックって？」

「ウコンだよ。肝臓にいいやつだね」

「ダイエットに肝臓が関係あるのか？」

「うん。体内の脂質を分解する酵素が肝臓で作られているんだ。この酵素で分解される量より多くの脂質があると、脂肪が溜まると言われてる。だから肝臓には頑張ってもらわないといけないよね」

前沢はしょんぼりと肩を落とす。

「そうかあ。ダイエットにはカレー味がいいのかあ。でもなあ、たまには甘いものも食べたいんだよなあ」

「お客様、こちらもお試しください」

久美が新しい小皿を前沢の前に差しだす。お茶のお代わりも注いでいると、前沢がクッキーをつまんでしげしげと見つめ、匂いを嗅ぐ。形はカレークッキーと変わりない丸型で、焼き色がやや薄い小麦色だ。

「そんなに恐がらなくても、辛くないよ」

荘介の言葉に前沢はおそるおそるクッキーを口に運んだ。

「うん、うまい！　甘い！」

「これは羅漢果《らかんか》という果実を発酵させて作った甘味料を使ってるんだ。すごく甘いのにカロリーはほとんどなくて、ビタミン、ミネラルが豊富なんだ」

前沢はぴたりと手を取め、荘介の顔を心配そうに見上げる。

「なあ、これ食っても本当にダイエットできるのか？」

「もちろん、食べ過ぎはだめだよ。けれどどうせ間食するなら太りにくい、痩せやすいものを食べた方がいいだろう？」

「前ちゃん」

カバンから取りだしたノートパソコンでルイボスティーの薬効を調べていた斑目が前沢

に声をかけた。

「ルイボスティーな、体にいいのは知ってたけど、禿にもいいらしいぞ」

「ほんとか！」

前沢はカップを両手で握りこみ、ぐっと飲み干した。カタンと音を立てて立ち上がる。

「俺、本気でダイエットやるよ。見てろ斑目、スリムになってあっと言わせるからな！」

「おーう。頑張れ、前ちゃん」

「お嬢さん、クッキー、あるだけ全部ください！」

「ありがとうございます」

前沢は両手に大袋を一つずつ抱えて店を出る。

「じゃあな、荘介。これ、なくなったらまた来るから」

「うん。そのころにはだいぶ細くなってるんじゃないかな？」

「任せとけ、ひょろっひょろになってるからさ」

左手の袋を掲げて去っていく前沢の後ろ姿に「やりすぎるなよ」と声をかけ、荘介は店内に戻った。

「あのお、荘介さん？」

久美が後ろ手に手を組んで荘介に上目遣いで近づいてくる。

「なにかな、久美さん」

「あのクッキーって、もう少し残っとらんと……ですか？」

「ううん。全部前沢に渡しちゃったよ」

「え〜〜！　私も味見したかったあ」

「久美ちゃんの大好きなダイエットものだからな」

横から口を挟んだ斑目に、久美はあっかんべーと舌を出す。

「ダイエットが好きなんじゃありません」

「そんなこと言って、いっつもダイエットしてるじゃないか。好きじゃないなら、やめたらどうだ？」

斑目はニヤニヤ笑う。

「う……。もう！　斑目さん、いつまでいるんですか！　お茶飲み終わったら、さっさと帰ってください」

「ははは、叱られたー。じゃあ、行くとしますかね。そうだ久美ちゃん」

立ち上がった斑目は大きなバックパックを肩にかけ久美に歩みよる。腰を折って久美の視線に目を合わせて、じいっと見つめた。

「な、なんですか」

「先月より一キロ太ったろ？」

「出ていけー！」

わなわなと手を震わす久美と、ニヤニヤしながら店を飛び出す斑目を、荘介は呆れ顔で見ていた。

当世水菓子考

「ねえ荘介さん、水菓子ってどんなお菓子なんですか？」

久美の言葉に、冷房の真下を陣取っている斑目が冷たい麦茶をすすりながら答えた。

「水菓子ってのはね、果物のことだ」

「えええええ!?　果物なんですか!?　うそぉ」

久美は信じられない、という表情を浮かべ、荘介を見つめた。

「うん。果物のことを水菓子というけれど、最近では、水羊羹《みずようかん》やところてんなんかも水菓子って言われるようになったよね」

荘介の発言に斑目が反論する。

「しかしだな、それは近世のことだろうが。昔ながらの言葉といったら水菓子は果物なんだからな」

「うーん。もともと言ってしまえば、古来、間食はすべて『クダモノ』と呼ばれていたわけで、そこに菓子という漢字が輸入され、その字があてられるようになり……」

「あの、で結局、水菓子ってどんなお菓子なんですか？」

「久美ちゃん、だからね水菓子は果物……」

「いやだから、それももう現在の言葉の定義としてはどうなのかと……」

三人の無駄な議論は三十分続いた。水菓子は果物と言い張る斑目と、それを信じない久美の間の溝を荘介が作って持ってきた水菓子が埋めた。

「うわあ、真っ透明ですねえ。ほんとに水が固まったみたい！」

「うーん、これは。黄粉《きなこ》を全体にかぶった様子は冒険の序盤で勇者に倒されるモンスターにしか見えないな」

透明な半球状のつるりとした菓子は、黄粉と黒蜜を敷いた皿にのってぷるぷると揺れている。久美がそっとスプーンですくって口に入れる。

「ふわあ！　すごいこれ、初めての食感です！　とろける甘い水が喉を流れていきます。荘介さん、ぜひ新商品に！」

荘介は苦笑いで頰を掻く。

「じつはこれ、北の方のお菓子屋さんのマネっこなんだよ。店に出したら盗用になっちゃうよね」

水菓子を一口で飲みこんだ斑目が口を挟む。

「しかしだな。同じような和菓子が全国各地で地元銘菓になった実態がいくらでもあるだろうよ」

「えー？　そんなことあるんですか？　たまたまの偶然でしょう？」

「カステラっぽい生地の中にカスタードが入った菓子なんぞ日本中を席巻してるぞ」

「ああ、そういえばそうですよねえ。なんでそんなことが起きるんですか？」

久美が麦茶のお代わりを注ぎながら荘介にたずねる。

「機械生産のお菓子は、その機械を作っている会社がレシピとともに売りこむからだという説を聞いたことがあるよ」

「えー？　そんなことしたらオリジナリティがなくなっちゃいますよ」

斑目が皿に残った黄粉を指に取って舐めつつ尋ねる。

「久美ちゃんは土産菓子にオリジナリティを求めてたんだ？」

「そりゃあ、その土地独自のものを買って帰りたいですもの」

斑目は目を細めて腕組みする。

「いつだったか久美ちゃんが買ってきた土産な、『温泉に行ってきました』ってパッケージに書いてあるだけの、普通のクッキーだったけどな」

「う……」

「せめてそこは温泉まんじゅうだろうよ」

「でも斑目さん、結局あの箱の半分くらい一人で食べちゃったじゃないですか！」

「せっかくの久美ちゃんからの手土産だろ。ほんとは一人占めしたかったのを必死で我慢したんだぜ」

久美は唇を突き出して「斑目さんの食いしん坊」とつぶやく。荘介は二人の様子を見て苦笑いしながら頭を掻いた。

「うちも、お土産用と言ったらカステラだし、オリジナリティは全然ないよね」

「そういえば荘介さん、お菓子なら何でも作れるのに、どうしてオリジナルのお菓子は作らないんですか？　もったいないないですよ」

「え……」

「どどーん！　と新作菓子を作って、ででーん！　と菓子品評会で金賞もらいましょうよ」

荘介は床に視線を這わせ、斑目が慌てたように口を挟んだ。

「それより久美ちゃん！　夏だし一緒に海行こうや」

「え！　嫌ですよ！」

「そんな速答せんで少しは悩んでくれてもいいやんか」

「ぜったい嫌です！　斑目さん、じろじろ見るに決まっとうもん」

「見るってなにを？」

「う……」

斑目はニヤニヤニヤニヤ笑い、久美は天井を向いて視線をさまよわせた。

＊＊＊

店も閉め、久美が帰った遅い時刻に、荘介と斑目は厨房でウィスキーのグラスを手に座っていた。荘介は自分の中の何かと対峙しているようで、斑目はそんな荘介を観察しながらタバコに火をつけないまま口にくわえて弄んでいた。

「荘介、まだ美奈子のこと忘れられんのか」

斑目の声に、荘介はぼんやりと顔を上げた。

「いつまで考え続けたって、起きちまったことは変えられねえぞ」

「わかってる」

荘介は顔を伏せ、目を閉じる。斑目は溜め息をついて酒を喉に流しこむとグラスを置いて出ていった。

「わかってるよ……」

荘介はいつまでも床のタイルを見つめ続けた。

父のための月

「……こんにちはー」

　カランカランという音を立てて、しかしそっと顔を出したエキゾチックな三十代の女性客に、久美は満面の笑みで答えた。

「王《ワン》さん、いらっしゃいませ！」

　白いシャツを颯爽と着こなした長身の王愛玉《アイユー》は、細い首を伸ばして店内をそっと見渡し、他に人がいないことを確認すると、小声で久美に問うた。

「久美さん、一人？」

「はい。今日も荘介さんは出かけてますよ」

　愛玉はほうっと溜め息をつくと、やっと店内に足を踏み入れた。

「ほんとに王さんのイケメンアレルギーは大変ですね」

「そうなのよ。最近は年若い男の子がみんなきれいじゃないですか？　どこに行っても蕁《じん》麻疹《ましん》が出るのです……」

　久美は苦笑しながら愛玉にサービスの煎茶を出した。愛玉はふうふうと吹きながら煎茶をすする。店内は商品の品質管理上まだ少々クーラーが必要だが、九月に入ってからこちら、外にはときおり涼しい風が吹くようになった。

「愛玉さん、今日は秋の新作ケーキがありますよ！」

「え⁉　本当？　わあ、食べたーいでーす……、あ」

愛玉はバンザイしていた手をそそくさと背中に隠した。

「違うのですよ。今日は注文に来ただけなの」

「ご注文ですか？　承ります！」

久美のはしゃいだ口調に、愛玉は申し訳なさそうな表情で口ごもる。

「あのね、月餅《げっぺい》を作ってほしいのですよ」

「ゲッペイ？　ですか」

「中国のお菓子。知らないですか？　真ん丸で小麦粉の薄い皮の中に餡がぎっしり詰まった茶色の」

「ああ！　あの激甘なやつですね！」

久美の頷きに、愛玉が頷き返す。

「そうなのよ、その激甘なやつ！　それを、作ってほしいのです」

「わかりました！　それはもう歯が溶けそうな甘さの月餅を……」

「違うの、逆なのよ」

久美は小首をかしげる。

「カロリーのほとんどない月餅を作ってほしいのです」

＊＊＊

「……というオーダーだったんですけど」

「なるほどね」

愛玉が帰ったあとに荘介が店に帰ってきた。久美は二人のニアミスにドキドキしながら、注文を伝えた。

「しかし、糖尿病のお父さんでも食べられる月餅かあ……」

腕組みして天井を見上げた荘介に久美が問う。

「そんなに難しいお菓子なんですか？」

「うーん。難しいと言えば難しいね。月餅はカロリーの巣窟だからね」

「巣窟、ですか」

「砂糖たっぷりの小麦粉皮に砂糖たっぷりの餡をたっぷり詰める。餡は松の実や甘栗や、とにかく炭水化物天国だね。肉や、アヒルの卵なんかの脂質や蛋白質《たんぱくしつ》が多いタイプもあるし。糖尿病食の人なら一日に一欠片《かけら》しか食べられないような代物だよ」

「ええぇー。でもそれを大量に注文することになるって言ってましたよ」

「大量に？　それはまたどうして」

「親類縁者に連絡して、贈り物の月餅は全部うちのものにしてくれって頼むって……」

「そうか、中秋節《ちゅうしゅうせつ》か」

「それ、なんですか？」

「中国の風習でね。簡単に言うと、日本のお月見とお盆を合わせたような感じかな。その時期に月餅を贈り合う風習があるんだ。それこそ親類縁者すべてにね。大量の月餅を贈って、大量の月餅をもらうことになる」

久美は身震いした。

「うわあ。カロリーの巣窟が大挙してやってくるなんて……」

「糖尿病が悪化しそうだよね」

「食べずに捨てたらどうですか？」

荘介は冷たい視線を久美に送る。

「久美さんは、せっかくのお菓子を食べずに捨てるような子なんだ？」

「ち、違います。私はちゃんと食べます」

「王さんのお父さんも、そういう人なんだろうね。僕はそういう人が好きです」

荘介はにっこりと笑い、久美は少し赤くなった。

その後すぐに荘介は八百屋の『由辰』に向かった。日差しもすっかり和らいだこのごろは、ぶらぶら歩くにはちょうどいい。荘介の歩調もすっかりゆるやかになった。『由辰』に着いたころには夕暮れ間近で、たくさんの主婦が買い物に来ていた。

「あら、荘介ちゃん！」

「あらまあ、やだわあ、こんなところで会えるなんてラッキーだわあ」

「今日はここに来て正解やったわ」

主婦たちは荘介を取りかこみ、口々に幸運を確認する。おみくじ代わりにされた荘介は苦笑いして主婦層から距離を取った。

「荘介、今日はなに？」

店先で客の会計をさばいている由岐絵がやや迷惑そうに声をかけてくる。

「今日は野菜を買いに来たんだよ」

「いらっしゃいませー！」

荘介の言葉に、由岐絵は満面の笑みを返す。荘介はまた苦笑いして、客足が遠のくのを待った。

「それで、今日は何をお求め？」

背に負った隼人をあやしながら由岐絵が尋ねた。荘介は隼人に手を振ってみせてから答える。

「甘いニンジンと甘いブロッコリー、あと、甘いセロリがほしいんだけど」

「あいよー。ちょっと待ってな」

由岐絵は店頭に並べられた野菜の中からいくつかピックアップして荘介に見せた。

「このへんが甘いやつだね。どれくらいいるの？」

「うーん。とりあえず、両手にいっぱいもらおうかな」

由岐絵は目を見開く。

「なによ、野菜ダイエットでも始めるの？」

「僕はダイエットなんかしないよ」

「なに言ってんの。そろそろ食生活に気をつけないと、腹が出るわよ、腹が」

「は、腹……」

ショックを受けてよろめく荘介を尻目に由岐絵は野菜たちを玉ねぎのダンボール箱に詰めていく。

「それはいいけど、こんなにたくさん、何に使うの？」

「……野菜餡……」

荘介は元気なくつぶやいた。


打ちひしがれて店へ戻るとすぐに、荘介は野菜たちを蒸しはじめた。ゆっくり湯を沸かすかたわら、そっと野菜を洗い、丁寧に蒸器に並べて蒸し上げる。その姿は悲しみを野菜たちと語り合っているようだった。由岐絵からメールで仔細を聞いた久美は厨房を覗きこんで笑いをこらえた。

蒸し上がった野菜をペースト状に練り、溶かした寒天と混ぜて固める。こんにゃく粉と炒《い》ったおからで皮を作り、野菜餡を詰めて月餅用の型で押し固め、模様がついたら溶き卵を塗ってオーブンで焼く。

「けっこう簡単にできるんですねえ。でも荘介さんのおじいさんの代には置いていなかったですよね」

「先代まではドイツ菓子ばかりでしたから」

「荘介さんはワールドワイドですね。低糖質の月餅もお手のものだし」

荘介は面映《おもは》ゆそうに笑う。

「シンプルなお菓子だからね。使った材料もこんにゃくや野菜が中心だし。おからで蛋白質が多めだけど食物繊維がたっぷりだし、糖質たっぷりよりは体にいいと思うよ。久美さん、試食する？」

「します！」

久美は満面の笑みで冷ましてある手のひら大のこんがりと焼き目がついた月餅を取りあげた。大きく口を開けてかぶりつく。

「えー！　これほんとにお砂糖使ってないんですか？　甘くて美味しい」

「野菜は加熱すると甘みが増す。とくに蒸すことによって甘みが凝縮されるんだ。茹でたり炒めたりしたら逃げてしまう栄養も中に残るしね」

荘介も一つ取りあげて口を付け、出来映えに満足したように、うんうんと頷く。久美は一つをぺろりと平らげる。

「皮ももちっとして美味しいです」

「こんにゃく粉が粘りを出してくれて、おからの生地をもっさりさせないんだよ。これならダイエッターの久美さんでも大丈夫でしょ」

久美は一瞬ムッとしたが、ニヤリと笑って反撃した。

「荘介さんこそ、このごろコックコートのお腹のとこ、ちょこっと出てませんか？　ちょうどいいじゃないですか」

「え……!?」

ショックを受けた荘介は、手にしていた二つ目の月餅をそっと調理台に戻した。


中秋節前の厨房は戦場と化した。

山と積まれた野菜達、キロ単位で仕入れられたこんにゃく粉とおから、フル稼働するオーブン、久美も下ごしらえに借り出され、店は臨時休業となった。

昔よりも贈る数が減ったと愛玉は言っていたが、手のひら大の月餅が一家庭当たり十二個、それが三十家庭。王さんの家から返礼するのも三十家庭分。

あわせて七二〇個、ずらりと並ぶのだ。久美は悲鳴を上げた。

「荘介さん！　もう野菜を見たくありませーん！」

「頑張って久美さん。これが終わったら生クリームいっぱい食べさせてあげますから」

「いらんですー。甘い匂いのするものも、いっぱいいっぱいいやもん」

泣きながらも野菜を蒸し終え、湯気で真っ赤になった久美は椅子に倒れ込んだ。

「お疲れさま、あとは僕一人で大丈夫だから、休んでて」

「は～い～」

荘介は黙々と野菜餡をこね皮を伸ばしすごい速さで包んでいく。いつも余裕の笑みを浮かべている荘介には滅多に見られない程の真剣な表情に久美は見入った。オーブンに月餅を入れ終えて落ちついた荘介が久美を振り返る。久美はどぎまぎして視線をそらした。

「どうかしたんですか、久美さん」

「え、なにがですか？」

「ずっと僕のこと見てたでしょ」

「えっと……、あの……」

「そんなに監視してなくても、久美さんと違ってつまみ食いなんかしませんよ」

久美がぶうっとむくれる。

「私だってつまみ食いなんてせんもん！」

荘介がハハハと笑って、月餅作りに戻っていく。久美は荘介の手元に目を戻し、黙って見つめ続けた。

＊＊＊

「……こんにちはー」

カランカランという音を立てて、しかしそっと隙間から顔を出した愛玉を久美は困ったような笑顔で答えた。

「王さん、いらっしゃいませ」

王愛玉は店内をそっと見渡して他に人がいないことを確認すると、小声で久美に問うた。

「久美さん、一人？」

「いえ、その……」

「いらっしゃいませ」

厨房から声がして、大量の菓子箱を抱えた荘介がやってきた。

「うぎゃ！」

妙な声で叫んで愛玉がばりばりと腕をかきむしる。

「出たな、イケメン！」

「嫌だなあ、そんな妖怪か幽霊みたいに言わないでくださいよ。月餅の梱包に手間取っちゃって、逃げそびれたんですよ」

「逃げるって……、私の方が妖怪扱いですか」

荘介は申し訳なさそうに弱々しい笑顔を浮かべると、菓子箱をカウンターに置き厨房に戻った。愛玉が首筋を掻きながら苦々しく口を開く。

「痒いわあ！　ほんっとにお宅の店長はイケメンですね！」

「はあ……。すみません」

誉《ほ》められているのか貶《けな》されているのかよくわからないながら、久美はなんとなく謝っておいた。

「ええっと、それでですね。ご注文のご贈答用の月餅三十箱はそれぞれのお宅に発送済みです。王さんのご自宅用の三十箱がこちらなんですが……。ほんとに郵送しなくていいんですか？」

「大丈夫、大丈夫。これくらいは軽いものです。それよりこの月餅、保存期間はどれくらいですか？」

「真空パックですので、常温で一か月。冷凍なら半年は大丈夫です」

「ああ、助かります。それなら少しずつ食べられます。父も喜ぶでしょう」

愛玉は両手にどでかい紙袋を三つ提げて店を出る。秋の陽はやわらかく、夏の刺すような暑さは月餅作りに熱中している間に、いつの間にか消えさっていた。

「それでは、また。イケメンがいないときに」

「はい、またお待ちしてます」

重い荷物などないかのように、愛玉は軽々と歩いていく。

「本当に王さんは力持ちだよね」

久美の後ろから荘介が首を出す。

「あら、荘介さん、なんで知ってるんですか」

「よく商店街で大きな荷物をいくつも抱えているところを見るよ。そんなときは僕がそばを通っても蕁麻疹なんて起こさないのになあ」

久美はいたずらっぽい目をして荘介を見上げる。

「王さんはお腹が出ている男性をイケメンとは認識していないのかも」

荘介は、ぐっと言葉に詰まったが、すぐに反論する。

「僕のお腹は出ていないですから」

「へーえ」

久美はにっこり笑って店に戻る。荘介はそっと自分のお腹をさすってみた。やはりお腹は出ていない。ほっと息をつき店内へ戻っていく。カランカランというドアベルの音が秋の爽やかな空気を揺らした。

僕とパパのポテチ

「勇人《ゆうと》、おやつ買ってきたぞ。お前、ポテトチップス好きだろ」

「……いらない」

庭の隅に半ズボンのお尻をぺたりと付けて座りこんでいた勇人は父親が手にしたスナック菓子の袋を見ると、ぷいっと横を向いて外へ駆けだしていった。

「あ、こら勇人！　もう晩ご飯の時間だぞ！」

父親が叫んだ声は勇人の背中に弾きかえされ、夕暮れの街並みに消えた。


「……それで、お父さんからの注文は、ポテトチップスなの？」

「そうなんです。ご飯もまともに食べない息子さんを心配して。勇人くんのお母さんが生きていたころは手作りのおやつしか食べさせていなかったから、手作りのポテチなら食べるんじゃないかって……。ちょっと過保護な気もするんですけど」

「ご飯もろくに食べてくれないんじゃ心配ですよね。好きな食べ物で釣りたい気持ちはわかるよ」

「ご予約は明後日の夕方で」

「はいはい。じゃあ少し出かけてきます」

荘介は、すすすすっと店から出ていってしまった。

「あ、もう！　荘介さん、逃げないでくださいよう！」

久美の声はドアに遮られ荘介には届かなかった。

＊＊＊

「こんにちは」

ブランコに座って俯いた小さな少年に、荘介は話しかけた。少年は顔を上げ荘介を見たが、すぐにまた顔を伏せた。

「挨拶してくれないのかな？」

荘介が尋ねると、少年は自分の靴を見つめながらつぶやいた。

「知らない人と話したらだめなんだもん」

「知ってる人だよ」

少年は荘介の顔を見あげる。不審げな少年に、荘介はポケットから出した白いコック帽をかぶってみせた。

「お菓子屋のおじさん！」

「おじ……！」

荘介は衝撃で眩暈を起こした。少年は気に留めず口を開く。

「公園でなにしてるの？」

「ちょ、ちょっとね。散歩かな。勇人くんは、なにしてるの？」

「僕も、散歩かな」

勇人は俯き、小さな声で答えた。

「そう。偶然だ、散歩仲間だね」

荘介はブランコに座ると、足を上げて大きく漕ぎだす。

「散歩しているとお腹が減るよね。もうすぐ晩ご飯の時間だ。今日の晩ご飯なんだろうね、楽しみだねえ」

勇人はまた自分の靴を見つめている。

「勇人くんは、お腹減らないの？」

「減らない」

「おやつをたくさん食べたの？」

「食べてない」

「不思議だねえ。なんでお腹が減らないんだろうねえ」

キーコ、キーコと荘介のブランコが勢いよく軋む。勇人は顔を上げない。しばらく二人は黙ってそこにいた。大きくブランコを揺らす荘介の足が上っていく先にある秋の空は真っ赤で、雲一つなく広々としていた。

「ママのポテチが食べたいんだ」

勇人がぽつりと言う。

「ママ、りょうりじょうずだったんだ。おやつも美味しかったんだ。でも、ママはもうなんにも作ってくれないんだ」

荘介はより大きくブランコをこぐと、ぽーんと飛んで遠くに着地した。弾みを付けてくるりと振り返る。

「勇人くん！」

勇人が見やった荘介は夕陽を背に浴びて、その表情はうかがいしれなかった。

「最高に美味しいポテトチップスをご馳走《ちそう》するよ。日曜日のお昼、うちの店においで！」

荘介は大きく手を振って立ち去る。勇人はぽかんと口を開けたまま荘介の背中を見送った。

＊＊＊

日曜日の朝、店を訪れた勇人の父親、神林秀人《かんばやしひでと》は休日だというのに高そうなスーツをピシッと着込んでいた。ジャケットを脱いで慣れぬエプロンに身を包み、きょろきょろと厨房内を見回す。

「じゃあ、神林さん。まずはじゃがいもをきれいに洗いましょう」

「じゃがいもを洗う？　そんなことまで私がするのか？　こっちは客だぞ。なんで下働きしなきゃならんのだ」

　荘介は笑顔を崩さず神林に語りかける。

「神林さん、ポテトチップスはとても簡単で、けれどとても繊細なお菓子です。作り手の努力がそのまま味に出てしまいます。勇人くんに美味しいものを食べてほしい、手作りの味をまた食べさせたい、その思いはきっと伝わります」

　神林は厳めしい顔をさらに厳めしくしかめながらも、袖を捲《まく》ってじゃがいもを洗いはじめた。いかにも不器用に大雑把に洗っていくが、荘介は何も言わない。

「洗い終わったら薄切りにして、水にさらします」

　まな板にごろんと横になったじゃがいもを、神林は包丁を握り、しばし眺めていたが、意を決したというふうに天高く振りあげた。

「じゃがいもに左手を添えて、包丁を静かにおろしてくださいね」

　荘介の助言に神林は眉根を寄せ、ぎろりと荘介をにらむ。荘介は笑顔を崩さない。神林はじゃがいもに向き直り、言われたとおりに包丁をそっと動かした。

　厚切りのじゃがいもを水を張ったボウルに沈めるのを見届けると、荘介は神林に包丁とまな板の洗浄を言いつけた。

「私は客だぞ！」

「そうです。ポテトチップスを召しあがるのは神林さん、あなたとあなたの息子さんです。お二人が美味しく食べるためのポテトチップスを、本当に他人に任せてもいいのですか？」

「……これでまずかったら料金は払わんからな」

神林はむっとした表情のまま、しかし丁寧にまな板を洗いはじめた。

「さて、油で揚げるときの注意点です。始めは一六〇度で中まで火を通します。そのあと、一旦冷ましたものを、一八〇度でさっと揚げます」

「なんでそんな二回も揚げる必要がある？」

「パリッとさせるためですよ。では揚げる前にじゃがいもの水分を……って、ああ！」

神林は荘介の言葉を最後まで聞かず、水から取りあげたばかりのじゃがいもを、したたる水滴とともに煮立った油に投入した。

「うわあ！」

大量の油跳ねを受け神林が飛び退《ずさ》る。思わず荘介も一緒に下がってしまった。

「おい！　火傷《やけど》するじゃないか！」

「じゃがいもの水分はよく拭かないと、油が跳ねるんです。このペーパータオルで拭いてください」

神林はまだ何か叫ぼうとしたようだったが、荘介が油跳ねが続いている鍋に近づき、じゃがいもをひっくり返しているのを見て口をつぐんだ。

鍋から水分が蒸発し終わってから荘介は神林と持ち場を交代した。神林はおそるおそる慎重にじゃがいもを鍋にすべり落としていく。こわごわとじゃがいもを引っくり返しながら荘介に尋ねる。

「なあ、まだか？」

「あ、手前のそれ、もう良さそうですよ」


「もう少しですね」

「もう少し、もう少しって、もう三度も聞いたぞ！　いったいいつになったら……」

「あ、手前のそれ、もう良さそうですよ」

神林は何かぶつぶついいながら揚がったじゃがいもを網に取りあげた。

一八〇度での二度揚げのときには神林もだいぶ落ちついて、焦がしもせずに上手に揚げ終えた。

網の上にのせられたじゃがいもに塩を振り、ポテトチップスは完成した。

「……こんなに大変な食べ物だったんだな」

「それをあなたの奥様は苦にもせず作ってらしたんですね」

神林が荘介をそっと見上げて口を開こうとしたとき、

「おとうさん」

勇人が厨房に入ってきた。

「勇人!?　なんでここに!?」

勇人の後ろに立っていた久美が、勇人の背を押す。

「さあ、勇人くん。お父さんが作ってくれたポテチ、食べよ！」

頷いて勇人は調理台に置かれた、まだ湯気の立つポテトチップスをつまんで、その端っこを噛んだ。ぱりっと小気味いい音を立ててポテトチップスは勇人の口の中に収まる。ぱりぱりと勇人は無言でポテトチップスを食べていく。

「ゆ、勇人、どうかな、美味しいか？」

勇人は俯いて答える。

「あのね、おかあさんのポテチはもっと薄くってもっとパリパリしてた」

神林はよろりと一歩下がり、肩を落とした。

「でもね」

勇人は顔を上げると、父親にありったけの笑顔を向けた。

「おとうさんのポテチも美味しい！」

「勇人……」

次々とポテトチップスを頬張る息子を、父親は優しいまなざしで見つめていた。

＊＊＊

「勇人くんのお父さん、お料理教室に通いはじめたんですって」

「へえ。それはすごい」

荘介はシューにクリームを注入しながら久美の話を聞いている。

「昨日は焦げたハンバーグだったよーって、さっき勇人くんが走って知らせに来てくれました」

「ははは、焦げちゃったんだ」

「でも、付け合わせのフライドポテトは美味しかったんですって」

荘介はちらりと久美を見る。久美は我が事のように嬉しそうに笑っていた。

「そんな感じだと、神林さんが、久美さんよりも料理上手になる日は近いね」

「荘介さんだって、人のこと言えんくせに」

久美は目を吊り上げて出来立てのシュークリームを奪い取ると、大きな口を開けて「うまかぁ」と頬張った。

どちらがお好き？

「あらま、荘ちゃん、店番しよるとか珍しか。久美ちゃんはどげんしたと？」

カランカランとベルを鳴らして、買い物袋をぶら下げた森山《もりやま》夫人が店に入ってきた。夫人の腰は深く曲がっているけれど、すたすたとかなり速いスピードで歩く。白地にピンクの線が入ったスニーカーもはきこまれた感じだ。

「いらっしゃいませ、森山さん。久美さんならお使いに行ってますよ」

「それにしても荘ちゃんが働きようところば初めて見たわ。驚き。昼間に働いてることもあるんやねえ」

森山夫人の早口から繰りだされる言葉に荘介は苦笑いしながら頭を掻いた。夫人が重そうに持っている荷物を、荘介はイートインスペースのテーブルに置いてやる。振り返ると茶色のブラウスとスカート姿の森山夫人は、すでにショーケースの中を覗きこんで和菓子を物色していた。

「うーん。な、荘ちゃん。おたくさんは、おはぎは置かんとね？」

「作り置きはしませんが、ごちゅ……」

「ありゃ残念」

「ご注文いただければご用意しま……」

「じゃあ、頼んでもよかかね。ほら、秋のお彼岸《ひがん》やけんね。毎年、手作りしよったばってん、もう最近じゃ料理するのもしんどくて。美味しいのを六個ばかり頼むかね」

「かしこまりました。ところでおはぎの米はつぶ……」

「頼んだけん」

夫人は早口でまくしたてると荘介の言葉も半ば聞かずに恐ろしく早足で帰っていった。

入れ違いにお使いから帰って来た久美が、もうかなり小さくなった森山夫人の後ろ姿を見送りながら感心した声を上げる。

「今日も森山さんはすごい勢いですね」

「勢いで押しに負けてしまいましたよ」

「森山さん、久しぶりですね。放生会《ほうじょうや》のときに名物の新生姜《しんしょうが》を持ってきてくださって以来じゃないですか？」

首をかしげて晩夏《ばんか》のことを思い出している久美に、荘介は表情も変えずに答えた。

「九月十二日でしたね」

「えっ!?　日にちまで覚えてるんですか？」

「放生会の初日だったからですよ」

「私は放生会の日にちも覚えていません。実は筥崎宮《はこざきぐう》にも行ったことなくて」

荘介は信じられないものを見る目で久美を見た。

「久美さん、博多の三大祭り、全部言えますか？」

「え、えっと……どんたく、山笠《やまかさ》、放生会？」

「それぞれの日程は？」

「え、えっと、どんたくはゴールデンウィークごろ、山笠は七月ごろ、放生会は秋」

「まあ、及第点ですね」

ぷうっとふくれた久美を笑って見ていた荘介が不意に真面目な顔になる。

「久美さん、聞いてほしい話があります」

「はい」

荘介の真剣な目を見て、久美は姿勢を正す。見つめられて、ドキドキと胸が高鳴る。

「むかしむかしあるところに……」

「え、荘介さん？」

「はい、なんでしょう」

「聞いてほしい話って……昔話ですか？」

「そうです」

久美は言葉に詰まり、それから軽く溜め息をついた。

「大事なことなんですね？」

「そうです」

「わかりました。一生懸命聞きます。一生懸命考えますよ」

久美はなお一層、真剣な表情で荘介を見つめた。

「あるところにじいさまとばあさまが住んでいた。ある晩、ほとほとと戸を叩く音がする。開けてみると道に迷った旅人が立っていた」

久美がぱちりと指を鳴らす。

「その旅人が犯人ですね！」

荘介は生ぬるい笑みで久美に向き直る。

「久美さん、お話の中ではまだ何も起きてませんよ。落ちついて聞いてください」

久美はぷうっと頬をふくらませ、荘介の言葉を待った。

「ごちそうと酒でもてなされ腹いっぱいで寝てしまった旅人は、夜中に目を覚ました。水を飲みたくて体を起こす。そこで、障子の向こうでじいさまとばあさまが話している声を聞いた」

久美は両手を握って唾をのむ。

「半殺しにしようか、皆殺しにしようか。じいさまが言うとばあさまが答える。皆殺しにしよか、うまいでのう。旅人は自分を食べる算段をしているのだとビックリぎょうてん。寝床から飛び起きると、荷物も持たずに逃げだした」

「よかったあ、逃げだせたんですね」

久美の言葉に荘介はニヤリと笑う。

「この話は終わりじゃない。続きがあるんです」

「ええ？」

身震いする久美をそ知らぬふりで荘介は語り継ぐ。

「旅人の申し立てで、じいさまとばあさまの家を訪れたお役人が見たものは、なんと山盛りのおはぎ」

「はあ」

久美は気の抜けた返事をする。

「昨夜、旅人が聞いた言葉『半殺し、皆殺し』とは、おはぎの米のつき具合だったんだ」

「はあ」

久美はしらけた返事をする。

「だからね、旅人は逃げださず、美味しくおはぎをいただけばよかったんです」

嬉しそうに言う店主に久美は刺々しい声を出す。

「で？」

「で？　とは？」

「森山さんはおはぎの注文にいらしたんですね？　それで、そのおはぎはできそうなんですか？」

荘介は腕を組み、天井を見上げる。

「それがどうもね、皆殺しにするのか半殺しにするのか迷っちゃって。久美さん、どう思います？」

「もしかして今の昔話は、その質問をするためだけに？」

「そうですよ」

「長すぎる前振りだと思います」

「だっていきなり『皆殺しがいい？　半殺しがいい？』なんて聞いたら驚くでしょ」

「普通に、おはぎのお米は全部ついた方がいいか、粒を残した方がいいか、って聞けばいいでしょう」

「それだとおもしろくないじゃないですか」

久美はむうっと眉根を寄せる。

「美味しい方にしたらいいと思いますけど！」

「そうだよねえ。けれど残念なことに、どちらも美味しいんだ。僕が作るからね」

荘介の自画自賛に久美は溜め息をつく。もちろん荘介の作るものならなんでも美味しいのは久美が一番よく知っている。けれどさすがに自分でそれを口に出す荘介の図太さに、ときどき呆れるのも事実だ。

「そうだ、荘介さんのオリジナルで新しいおはぎを作るっていうのはどうですか？」

荘介はぴたりと動きを止めると自分の手元を見下ろして黙ってしまった。久美は戸惑いながらも自分の意見を発表した。

「私は粒がない方が好きですけど」

「よし、じゃあ皆殺しだ」

物騒な言葉を口に出す荘介はもう普段どおりの表情に戻っていた。久美は、ほっと安心して尋ねる。

「小豆はどうするんですか？　皆殺しですか？」

「おはぎは半殺しだね。ぼたもちだったら皆殺しなんだけど」

「なんで違うんですか？」

「小豆の違いだね。おはぎは秋に作るでしょう。そのころが小豆の収穫時期なんだ。だから皮がやわらかい。それで皮を残した半殺しでも美味しく食べられる。けれど春のぼたもちになると、収穫してから日が経った小豆の皮は固くなってる。だから食べやすいように皆殺しにするんだ」

「なるほど！　和菓子を作る観点からの違いだったんですね。どこの和菓子屋さんもおはぎとぼたもちで作り方を変えるんでしょうか」

「一年中、半殺しのところもあるし、逆もあるよ。それぞれの店のポリシーで作ってるわけだから」

「じゃあ、うちのおはぎも荘介さんのポリシーでできてるんですね」

荘介は目を泳がせると、久美から目をそらした。しばし口ごもって、小さくつぶやく。

「……うちのは、僕に和菓子の作り方を教えてくれた人のポリシーだよ。おはぎのレシピと一緒に一番最初に教わった」

「へえ。荘介さんのおじいさんの教えですか。あれ？　でも先代は洋菓子しか作らなかったんじゃないんですか？」

久美の言葉に荘介はまた顔を伏せ、久美から視線をそらした。

「さあ、そろそろ仕事に戻ろうか、久美さん」

荘介は力の入らない笑みを浮かべると、久美を店舗に戻らせた。厨房を出るときに久美が振り返ると、荘介は厨房の隅、いつも閉めきってある戸棚を見つめていた。その目は何か遠くを見ているようでもあり、自分の心の中を覗いているようでもあった。

＊＊＊

「よう、久美ちゃん。今日もかわいいねえ」

カランカランとドアベルを鳴らして斑目が入ってきた。

「斑目さん、荘介さんならいませんよ」

「そりゃあそうだろ。あいつがおとなく仕事してるわけないさ」

「いえ、今日はちゃんと仕事してますよ。配達に行ってるんです」

「へええ、そりゃ珍しい。きっと大雨が降るぜ」

久美はサービスの煎茶と、おはぎを一つ、椅子に座った斑目の前に置いた。

「おお？　どういう風の吹きまわしだ？　久美ちゃんがサービスしてくれるとか」

「斑目さん、そのおはぎ、荘介さんの和菓子の師匠のレシピなんだそうです」

「……美奈子の」

斑目が思わずつぶやく。久美は斑目の前の席に座ると、まっすぐに目を見つめた。

「その、美奈子さんのこと、教えてください」

斑目は目をそらし、首のあたりをぼりぼりと掻いてみせる。久美は黙って斑目を見つめ続けた。

「美奈子のことを知って、どうするんだ？」

「荘介さんがオリジナルのお菓子を作らない理由がその人なんじゃないかと思って」

「荘介に何か聞いたのか」

「いいえ。話したくなさそうでした」

「なら、話したくなるまで待ってやれ」

久美は反論しようとした。が、斑目が言葉を継いでそれを止めた。

「久美ちゃんになら、あいつも話せるときが来る。きっとな」

黙ってしまった久美の頭を、斑目は思いっきりの笑顔でなでてやる。

「じゃあ、せっかくだから茶が冷めんうちに、おはぎいただこうか」

久美は斑目の手元から、すっとおはぎの皿を取りあげる。

「え？」

「これはお話しいただくための手付金でしたから。お話しいただけないならさげさせていただきます」

「そんなケチくさい。だいたい、さげてどうするんだよ」

「私が食べます」

「久美ちゃん！」

斑目がテーブルをがしっと摑む。

「は、はい？」

「ダイエットは、いいのか？」

久美はつんとそっぽを向く。

「明日からです」


久美が斑目に見せびらかしておはぎを頰張っているところへ、荘介が帰ってきた。

「おや、二人でデートですか？」

「デートじゃありません！」

「俺がいじめられてんだよ」

荘介は少し笑うといつものようにおしゃべりに加わることなく、黙って厨房に入っていった。その背中を見送って斑目がつぶやく。

「様子が変じゃないか」

「はい、なんか今日。おはぎを作り出してから、黙りこむことが多くなっちゃって」

「それで心配してたのか。久美ちゃんは優しい子だな」

久美はそっぽを向く。

「子ども扱いしないでください」

斑目は久美の肩をぽんぽんと叩くと、優しく笑う。

「子ども扱いじゃないよ。頼りにしてる。荘介のこと、頼むな」

そう言って立ち上がると、斑目は静かに出ていく。久美は斑目を見送ってから、勢いよく立ち上がると厨房に突進していった。

「荘介さん！　おはぎが終わったなら新しい秋のお菓子、早く考えてくださいよ！」

ぼんやりしていた荘介は、久美の元気な声に微笑むと姿勢をただした。

「うん、それなんだけど、さっき有村のおじいちゃんに碁の約束させられちゃって。今からちょっと行ってきます」

「え！　ちょっと、仕事してくださ……」

久美が全部言い終わらないうちに、荘介は裏口から飛び出していった。久美は溜め息をついて、けれど笑顔になった。

「元気が一番！」

そう言って、久美は仕事に戻った。

パイナップルケーキ騒動記

「すみません！　こちらではどんなお菓子も作ってくれるってほんとですか⁉」

　秋口には寒そうな季節外れの半袖シャツを着た二十代くらいの男性が、その丸い体で扉に体当たりする勢いで店に入ってきた。時刻は開店直後の午前十時。久美は面食らって商品を陳列していた手を止めた。

「は、はい。ご注文があればなんでも……」

「パイナップルケーキを！　パイナップルケーキを作ってください、明日までに！」

　涙目の男性はつかつかと久美に歩みよると、その手を取って祈るように両手で包みこんだ。久美は身をよじって逃げようとするが、男性は手を離してくれない。

「お客様」

　厨房から顔を出した荘介が男性と久美の間に割って入る。

「お急ぎのようですが、なにかご事情でも？」

「買い忘れちゃったんです、お土産を……」

　荘介は男性客の頭からつま先まで観察した。半袖シャツにショートパンツ、素足にサンダル、真夏感満載だ。

「台湾にご旅行だったんですか」

「そうですう。パイナップルケーキのお土産がないと殺されます」

男性の今にも泣きそうな表情に呆れて久美はカウンター内に入ってしまった。荘介が優しく話を聞いてやる。

「殺されるって、だれに？」

「お局《つぼね》様です」

「ああ、それは……」

「だから！　明日までにお願いします！」

「明日までお休みなんですか？」

男性は首をすくめ、今にもお局様がその辺から現れると怖れているかのようにびくびくしている。

「明日は出勤ですが、家に忘れたことにしますので大丈夫です」

「そういうことなら今日中にできますよ、パイナップルケーキ」

「ええええ!?」

男性の叫びに久美がびくっと身をすくめる。

「そ、そんなに早く？　もしや天才パティシエですか!?」

荘介はくすぐったそうに、嬉しそうに笑う。

「そんな大げさな。材料は揃っていますし、仕込みにも時間がかからないお菓子ですから。夕方にはお渡しできます」

男性客は荘介の手を握ると両手で包みこんだ。荘介は心底嫌そうに身をよじる。

「お願いします！　よろしくお願いします！」

何度も頭を下げて男性は帰っていった。

「なんだかキョーレツな人でしたねえ、江藤《えとう》さん」

久美が注文票に書かれた男性客の名前を読み上げる。

「よっぽど切羽詰まってたんだろうね。あそこまで恐れられるお局様って、一度くらい見てみたいよね」

「大丈夫ですよ、荘介さんなら。マダムキラーですから、かわいがってもらえます」

「うーん。それは嬉しいのやら悲しいのやら」

ぶつぶつ言いつつ荘介は厨房に戻っていく。店舗内の準備を終わらせた久美は厨房を覗いてみた。荘介はカット済みのパイナップルを冷凍庫から取り出し解凍している。

「パイナップルケーキって、いちごのショートケーキみたいなものですか？」

久美の質問に荘介は背中を向けたままで答える。決して手は休めない。

「パイナップルは飾りとして使うんじゃなくて、ジャムにして生地で包むんだよ。どちらかというとおまんじゅうに近いかな。中国茶のお茶うけにされるものだしね」

「へえ。想像しただけで美味しそうですね」

「久美さんにも試食してもらうから、想像と比べてみてください」

「えええ〜、私、ダイエット中なんやけどなあ」

久美がニヤニヤニヤニヤ笑いながら身をくねらせる。荘介が振り返りニヤリと笑う。

「じゃあ、試食は僕だけで……」

「いただきます！」

久美は噛みつかんばかりの勢いで宣言した。

ミキサーで擂りつぶしたパイナップルと砂糖を煮詰めてジャムにする。それを冷ます間に卵黄とバター、粉乳、粉チーズ、砂糖、中力粉で生地をサクサクとこねる。

生地を一口分ほどに丸めて、その上に水飴で固くしたパイナップルジャムの餡を置き、俵状に丸めていく。一口大のカステラ型のような直方体のケーキ型に入れて表面に卵黄を塗りオーブンで焼く。

あっという間の早業に、久美はぽかんと口を開けた。

「荘介さん、動きが早過ぎて残像が見えましたよ」

荘介が声を上げて笑う。

「それはすごい。忍法パイナップルケーキだね」

「これなら五十個の注文も余裕で間に合いますね！」

「お菓子の方はいいんだけど、問題はパッケージですよね」

「パッケージですか？　マドレーヌのパックが使えると思いますけど」

「袋はいいんだけど成分表示だよ。台湾のお菓子だから中国語でないといけないよね」

「ああ！」

「まあ、それはパソコンででっちあげるにしても、外箱にも装飾がいるでしょう」

「ど、どうするんですか!?」

「うーん。どうしようねえ」

「あ、王さん！　王さんに頼みましょう」

「そうか。王さんは書道家じゃないか。しかし、プロの書道家に題字を書いてもらうって、いくらくらいかかるんだろう」

「…………」

「…………」

二人は見つめ合い、黙りこんだ。


久美が王愛玉の書道教室を訪ねてみると、ちょうど昼のシニアサークルの練習が終わったところだったらしく、歓迎してお茶を出してくれた。

「めずらしいですね、久美さんとお店以外で会うのは」

「はい。突然押しかけてすみません」

「すみませんことないですよ。それで、ご用事はなんですか？」

「あの、商品パッケージの文字を書いていただくと、おいくらくらいになるのかなーって、うかがいたくて」

「どのくらいの大きさ？」

久美は抱えてきていた五十センチ四方ほどの四角い箱を見せた。

「一万四千円」

「ええ!?　そんなに!?」

「ですが、殴り書きでよろしければ無料でいいですよ。いつもお世話になってますから」

「ほんとですか！　よかった。……けど、殴り書きって？」

「下書きなしの一発勝負。やり直しはなし」

「えっと……。よくわからないけど、王さんの腕、信用してます！」

久美は教室内のあちこちにある愛玉の作品やお手本の書を見て、力強く頷いた。


「へえ。これがその殴り書き」

箱の蓋をしげしげ見ながら荘介は感嘆の声を上げる。箱に直接「鳳梨酥《フォンリンスー》」と墨跡鮮やかに書いてある他に、個包装紙にも同じ文字を書いてくれていた。

「すごいねえ。文字一つで本当にお菓子のパッケージに見えるようになったね」

「箱自体はほんとにお菓子用ですしね」

「これを外国土産っぽい袋に入れたら大丈夫だね」

「今回も無事に、新しい外国のお菓子が作れましたね」

どの紙袋にするか相談していると、江藤が朝と同じく扉を叩き割る勢いで店内に飛びこんできた。

「で、できてますか！　パイナップルケーキ！」

「はい。たった今出来上がったところですよ。お味見されますか？」

久美が厨房から皿にのせたパイナップルケーキを持って出る。江藤はひょいとつまむと一口に口の中に放りこんだ。そしてすぐに叫ぶ。

「うわ、しまった！」

「え？　な、なにかまずかったですか？」

江藤は愕然とした表情で久美を見つめた。

「台湾で食べたどのパイナップルケーキより美味しいんですけど……、生地のサクサク具合も、パイナップルジャムも香り高くて。でもこんなに美味しいなんて。これ、どこの店のものだと言ったらいいんでしょう……」

嬉しい悲鳴に、久美は困り顔で笑った。

揚げたての幸せをあなたにも

「荘介さん、見てください！」

始業三十分前。早々と出勤してきた久美は手にしていた一枚のチラシを荘介の鼻先に突きつけた。荘介は夏の名残りのわらび餅を切り分けながら顔をあげてチラシを読む。

「九月二十五日、天ぷら屋天一、開店サービス！　天ぷら定食六〇〇円……」

「そこじゃなくて、ここ！」

久美が指差したのはチラシの下部。単品メニューの中の一点。

「アイスクリームの天ぷら？」

「食べたいです、食べたいです、食べたいです！　うちの店でも出しましょうよ」

荘介は困ったように笑う。

「アイスクリームの天ぷらは作り置きができるものじゃないですから、無理ですよ」

「なんでですか？　天ぷらを揚げてから冷凍保存すれば……」

「それ、天ぷらにした意味ないよね」

久美はしょんぼりと肩を落とした。荘介はくすくす笑いながら、出来上がったわらび餅をショーケースに運んだ。久美は落ちこんだまま荘介のあとについて店舗まで移動する。

「そんなに食べたいなら、今日だけ限定メニューで出しましょうか、アイスクリームの天ぷら」

「ほんとですか！　私、貼り紙します！」

久美はコピー用紙に手書きで『アイスクリームの天ぷらあります（本日限定）』と書き記し、ドアの外側にぺたりと貼った。自前の白のブラウスの上に制服のエプロンをつけて厨房を覗くと、荘介が小麦粉を計量していた。

「そんなに丁寧に計るものなんですか？　天ぷらの衣って」

「天ぷら用は目分量で合わせたけどね。もう仕込みは終わってるよ。これは油を出したついでにサーターアンダギーを作ろうかと思って」

「サーターアンダギー。沖縄のお土産にもらって食べたことがあります」

「味の感想は？」

「うーん。もさもさしていてあんまり好きじゃなかったかな」

荘介はにっこりと笑う。

「それじゃあ、特別美味しいやつを作らないといけないね」

調理台の上に並んだ材料は小麦粉、黒糖、卵、グレープシードオイル、ベーキングパウダーだけ。

「サーターアンダギーって生地に油が入るんですね」

「そう。そのおかげでサクサクでしっとりに出来上がるんだ」

「私が食べたのはサクサクもしっとりもしてませんでしたけど」

荘介は卵と調味料を泡立て器で混ぜる。

「揚げ立てだと違ったんだろうね。揚げ菓子は、アイスクリームの天ぷらだけじゃなく、やっぱり揚げ立てを食べてもらいたいからね」

小麦粉とベーキングパウダーをふるう。真面目な顔で仕事を始めた荘介に、久美は満足して店舗へ戻った。

開店時間が迫った頃にはサーターアンダギーはきつね色に揚げあがり、久美は荘介から一つもらって齧《かじ》りついた。

「美味しい！　熱い！　美味しい！」

荘介は嬉しそうに笑う。

「気に入ってもらえたみたいでよかった」

「これ、サクサクでしっとりで、それにもっちりします！」

「小麦粉だけじゃなく、米粉を混ぜてみたんだよ。成功だったね、よかった」

ぺろりとサーターアンダギーを食べてしまった久美は、上目使いで荘介を見る。

「あのお、荘介さん」

「うん？　なに？」

「それで、本命のアイスクリームの天ぷらは……」

「アイスにカステラをまぶして冷凍してるんだけど。それが完全に固まるまで、二時間はかかるんだ」

久美が目を丸くする。

「え、じゃあ商品が出せるのは二時間後からなん!?」

「そうだね」

カランカランとドアベルが鳴り、二人がそちらを見ると、町内会長の梶山が店に入ってきたところだった。

「やあ、アイスクリームの天ぷらがほしいんだけど」

久美は事情を話し平身低頭謝って梶山に帰ってもらった。「二時間後にまた来るけん」と梶山が上機嫌でいてくれたことに久美はほっと胸をなでおろした。それから急いでドアを開けて貼り紙をはがしていると、隣の花屋の碧《みどり》がやってきた。久美の手元を覗きこんで尋ねる。

「久美ちゃん、せっかく貼ったのになんではがしてるの?」

久美はわざとらしく、あはははーと笑いながら貼り紙を背中に隠す。

「貼る時間、ちょっとフライングしちゃって」

「そうなんだ。食べたかったんだけどな、アイスクリームの天ぷら」

「ああ、それやったら、昼休みに来てくれたらできとると思うよ。仕込みに二時間もかかるんだって」

碧は目を丸くした。

「そんなに大変なお菓子なの?　知らなかった。それじゃあ彼が怒るはずだわ」

「彼って、洋一《よういち》くん？」

「うん。今絶賛、喧嘩中。洋一が短気なんだと思ってたけど、私が悪かったのかも」

久美は首をかしげる。

「アイスクリームの天ぷらが関係あると？」

「うん。洋一のお店で、今度、デザートにアイスクリームの天ぷらを出すことになったんだって。それで練習に作ったやつを食べさせてもらったんだけど」

「けど？」

碧は肩をすくめる。

「私が『アイスが溶けて衣がべっちょりして美味しくない。洋食屋なのに天ぷらって無理がある』って言っちゃって」

「うわあ。碧、いくらなんでも直球すぎたい、それは」

「ですよねー。反省します」

店の中から荘介が顔を出した。

「久美さん、貼り紙はがしちゃったんですか？」

「はい。二時間後にまた貼り直します」

碧が横から口を挟む。

「荘介さん、美味しいアイスクリームの天ぷらの作り方って、どんな感じですか？」

「そうですねえ。僕は擂りおろしたカステラ生地でアイスを包んで断熱材にして……」

「断熱材？」

「ええ。アイスクリームに直接天ぷらの衣を付けてしまうと、アイスはあっという間に溶けてしまいますから。ゆっくり召し上がっていただくためには断熱材があった方がいいんですよ」

久美と碧は顔を見合わせた。

「洋一くん、もしかして、直接衣を付けたっちゃない？」

「そうだと思う」

荘介が二人を交互に見ながら続ける。

「それにアイスに直接衣だと、へたをすると揚げている間に弾けてしまうんですよ。熱いのは嫌ですからね。安全な方法を取りました」

碧が不安げに眉をひそめる。

「洋一、大丈夫かな。破裂すること知ってるのかな」

「電話してみたら？」

「でも、私からかけたら謝らないといけないし……」

久美は両手を腰にあて恐い顔をして見せる。

「今回は碧から謝るべきだと思うんやけど？」

碧は頭を掻く。

「だよねー。じゃあ、ちょっと電話してきます」

そう言い残し、碧は花屋の奥に戻っていった。

＊＊＊

打ち震えた。

皿の上のアイスクリームの天ぷらをスプーンですくい、一口味わうごとに久美は喜びに
「荘介さん！　これすっごく美味しいです！」

「熱々さっくりした衣と、アイスを吸ったしっとりカステラ、そして中から溶けだすアイス！　最高に美味しい！　こんな美味しいもの、誰が開発したんでしょうね」

「どうやら新宿の天ぷら屋さんが元祖だそうですよ。摩天楼《まてんろう》の味かもしれませんが」

久美は大事に大事にちびりちびりとアイスクリームの天ぷらを食べ、食べ終わった皿を名残惜しそうに見つめた。

「もう一つ、食べますか？」

「いいえ。今日は甘いもの二つ目ですし、止めておきます。それに私が食べすぎてお客様の分がなくなったら本末転倒ですから」

そのとき、カランカランと音がして梶山がやってきた。

「やあ、アイスクリームの天ぷら、もうできとうかな」

荘介が立って出迎えにいく。

「いらっしゃいませ。すぐにお作りしますので、少々お待ちください」

「土産に買って帰りたいとやけど」

「申し訳ありません。こちらの商品は出来立てで召し上がっていただかなければなりませんので、店頭のみでご提供しております」

梶山は悲しそうな顔をする。

「そうね、いやね、うちの母が寝たきりだろう。食べさせてやろうと思ったっちゃけどねえ」

荘介は腕組みして考えていたが、すぐに口を開いた。

「それなら、お宅にお邪魔して台所をお借りして天ぷらを揚げましょう。それならお母様にも召し上がってもらえる。じゃあ、すぐに準備しますから少し待ってください」

そう言うと荘介は厨房に駆けこんだ。久美があとを追って荘介の腕を捕まえる。

「荘介さん！　荘介さんが外出しちゃったら、誰が天ぷらを揚げるんですか」

タイミング悪くドアベルが鳴り、久美は慌てて店舗へ戻った。ドアを半分だけ開けて、碧が顔を出していた。

「あれ、碧。どうしたの」

「あのね、洋一がね、荘介さんのアイスの天ぷらをどうしても食べたいって来ちゃったんだけど……。もうできるかな？」

「それが……」

事情を説明しようとした久美の後ろから保冷バッグを抱えた荘介が出てきた。

「洋一くんが来てるの？　すごいタイミングだなあ。洋一くんに頼みたいことがあるんだ」

碧はドアを開け、洋一を中に通す。仕事休憩中なのかコックコートを着たままだ。

「洋一くん、僕の代わりに天ぷらを揚げてくれないか」

「は？」

荘介はぽかんと口を開けている洋一の腕を摑むと、ぐいぐいと厨房に引っぱりこむ。冷凍庫からカチカチに凍った、カステラを付けた丸いアイスの塊を出し、手早く天ぷら衣を付けてみせる。

「油は百八十度です。表面が固まる程度に揚げてください。冷たいことが重要なので火を通しすぎなければ大丈夫です。よろしくお願いします」

「え？」

「僕はちょっと出かけることになって。一時間くらいで戻るから、その間お願いします！じゃあ梶山さん、行きましょう」

荘介は梶山の手を取ると、あっという間に店から出ていってしまった。

久美は額に手を当てて溜め息をついてから洋一に向き直る。

「ごめんね、洋一くん。荘介さんの言ったことは聞かなかったことにして」

「いえ、できたらやらせてほしいです」

「ええ？」

「荘介さんに厨房を任される機会なんて、そうそうないでしょう。それに天ぷらを揚げる機会も洋食屋にはあまりない。修行と思って挑戦させてください」

若い料理人の熱意に久美は頷き、洋一が厨房に入るのを見届けると、言葉を書き足した貼り紙をドアに貼り直した。

『アイスクリームの天ぷらあります（本日限定）。真面目なシェフが作ります！』

つるるん恋物語

カランカランとドアベルが鳴り、四十代くらいの女性が入って来た。髪を肩口で切りそろえ細身のジーンズを履いた山根《やまね》かずえだった。いつも自転車でやってきてまんじゅうを買って元気に帰っていく。今日も曇り空を切り取るように気持ち良さげに走ってきた。

「山根さん、いらっしゃいませ」

「こんにちは。ねえ、これもらってくれん？」

かずえはショーケースの上にぽん、と大きな紙袋を置いた。かなり大きいのに重さはほとんどない。久美が中を覗いてみると、かさかさした何かの乾物が入っていた。

「テングサっていう海藻なんだけどさ、大量にもらっちゃって困ってるとよ。こちらなら使い道あるやん？　それでりんご寒天なんかお願いできたらと思って」

「りんご寒天ですね！　承りました。それで、これは……」

そのとき、ざあっという音がして物凄い雨が降りだした。

「やばい！　洗濯物！　じゃあ、頼んだけん！」

かずえは叫んで店の外に駆けだす。

「あ、山根さん、これは……」

かずえは久美の声も聞こえない様子で秋雨前線を横断するかのように、猛烈な勢いで自転車を漕《こ》いでいってしまった。久美は途方に暮れた。紙袋から中身を取り出してみる。

つんつんとつついてみても、かさかさと乾いた感触を伝えてくるだけの干からびた海藻。もさもさしていて、触ると簡単に散って落ちて、黄色のヒゲの塊のように見える。海藻なんてワカメとコンブしか知らない久美には、これがなんなのかすらよくわかっていなかった。正直、どう処理すればいいのか見当もつかない。とりあえずそのまま荘介の帰りを待つことにして海藻を紙袋に戻した。

＊＊＊

「久美さん。どうしたんですか、そんなに恐い顔をして」

カランカランとドアベルを鳴らして帰ってきた荘介に、久美が泣きつく。

「荘介さん、これ、こんなにたくさん、どうしましょう？」

「なんですか、これ」

「てんぐさんです」

「……久美さん？」

「はい？」

「これ、海藻に見えるんだけど」

「そうですよ、乾燥したてんぐさんです」

荘介は手で口元を覆うと、肩を小刻みに震わせた。

「あのね、久美さん。山にいるのが天狗さん。これはテングサですよね？　海で取れるんですよ」

「え？　海のてんぐさん？」

荘介は腹を抱えて笑い転げた。


「ごめんって、久美さん。もう笑わないから」

「当り前です！　三十分も笑い続けて。もう一週間分くらい笑っちゃったんやなか？」

「そうだねえ。三日分くらいは笑ったかな」

久美がキッとにらみつけても、荘介の口元はぴくぴくと引きつり、今にも笑いだしそうだった。久美は荘介に背中を向けて仕事を始めた。その背中がむっつりと怒っていて、それも荘介の笑いの琴線《きんせん》に触れたが、これ以上怒らせるわけにはいかない。荘介は唇を噛みしめて笑いをこらえながらテングサを抱えて厨房に入った。

荘介が水の中にテングサを投入し火にかけ、しばらくすると、久美がにゅっと厨房に首をつきだした。鼻をひくつかせて匂いを嗅いでいる。

「荘介さん、海の匂いがします」

「うん。今てんぐさんを煮てますから」

「テングサ！　やろ！」

荘介は肩を震わせる。

「それで、荘介さん。山根さんからの〝予約注文〟が入ってたんですけど」

「なんですか？」

「りんご寒天です。数はお聞きできなかったんですけど」

荘介はにっこりと嬉しそうに笑う。

「山根さんのテングサのおかげで寒天はたくさんありますから、大丈夫ですよ」

「寒天、全部お菓子にするんですか？」

「そうですねえ。全部一度にではなく少しずつ使うけど、今回はりんご寒天と、他にもフルーツ寒天を何種類か作って、あとはところてんを試してみようかと思います」

「ところてんですか？　お菓子屋さんで？」

「久美さんは甘味屋さんに行ったことないですか？」

「あります。あんみつとか、クリームあんみつとか、フルーツあんみつなんかを食べましたけど」

「それ、全部あんみつだよね」

「好きなんやもん、放っておいてください」

「そのお店のメニューにところてんもあったんじゃないかなあ」

久美は首をかしげて考えこむ。

「あったような……、なかったような……」

「うん。あんみつしか目に入ってなかったんだね。昔ながらの甘味屋さんには置いてあることが多いよ、ところてん」

「そうなんですか。ところてんって、どうやって作るんですか？」

「作り方はいたって簡単で、テングサを煮て、濾《こ》して、型に入れて冷やして固めるだけ。それを、ところてん突きで突いたら出来上がり」

「私でもテングサから作ったりできます？」

「もちろん！　やってみる？」

久美はとことこと鍋のそばに歩いてきて、しかしすぐに鍋のそばから離れていった。

「どうしたの、久美さん？」

「熱そうだからやめておきます。火傷する自信があります」

荘介はまた肩をぷるぷると震わせ、久美は肩を怒らせる。

「そうだ久美さん。ところてんはノーカロリーだから、たくさん食べても平気ですよ」

「ほんとですか？　わあ、楽しみ！」

久美はスキップしそうな勢いで店舗へ戻っていった。それから何度も久美は厨房に顔を出し、「まだですか？」「ところてん、まだできませんか？」と聞いた。荘介はやはり笑いを押し殺しながら「まだですよ」「まだですよ」と言い続けた。

二時間ほど経って寒天が冷えたところに、また久美が顔を出した。

「ところてん……」

「ところてんはもうできますよ。りんご寒天は固まるまでにもう少しかかります」

久美は満面の笑みで厨房に入ってきて二つの大きな型の中で固まっている透き通った寒天たちをしげしげと眺める。片方はゆらりとろけていて片方はすでに固まっていた。

「これがところてんになるんですね。ところで、うちにところてん突きなんて、あるんですか？」

「いや、ないよ」

「どうするんですか？　買いに行ってきます？」

「いや、大丈夫だよ。包丁で切ればいいから」

「そうですか」

カランカランとドアベルが鳴った、久美は店舗に戻っていった。

＊＊＊

「な！　なんですかこれえ！」

お昼休みに厨房で荘介から手渡されたガラスの器を覗きこみ、久美が叫ぶ。

「見てのとおり、ところてんですが？」

「そうじゃなくて！　この細さ！　こんなところてん、見たことないです！」

「そうでしょうね。ところてん突きで突くと均一なサイズになってしまうから。サイズは均一でも地方によって食べ方はいろいろなんですよ。酢醤油と黒蜜がポピュラーですが、味噌だったりハチミツだったりをかけるところもあるそうです。どれも用意できますよ。どれにしますか？」

「カロリーが少ないもので」

「はい、酢醤油ですね」

久美は箸で摘まんだところてんを、しげしげと見つめて、器全体に酢醤油を回しかけてから、つるるると口に入れた。

「んんんん！」

「どうしました？」

「これ、ところてんじゃないです」

「え？　困ったなあ、ところてんを作ったつもりだったんだけど」

「そうじゃなくて！　ところてんにはありえない食感です。繊細で、とけそうで、水みたい……、ううん、空気みたいです！　なのに海の香りがして」

夢中でところてんをすする久美を、荘介は優しいまなざしで見つめる。

「気に入ってもらえました？」

「もちろんです」

荘介は会心の笑みを浮かべた。

「りんご寒天もできてます」

プラスチック容器に入ったりんご寒天は薄いピンク色でやわらかく揺れる。久美は容器をそっと振って揺れる寒天の手触りを確かめてからスプーンですくって口に入れる。

「きれいなピンク色がかわいいです。それにりんごの香りが爽やかですね」

「りんごを皮と一緒に煮込んでいます。加熱するとりんごのいろいろな栄養成分は格段に上がります。たとえば、りんごの皮と身の間の部分に含まれているペクチンという成分は、コレステロールや血糖値を下げたり、代謝を上げたりと優れた効果があります。ダイエットにも向いていますね」

「なんてありがたい」

久美はりんご寒天を両手で包み、拝むように頭を下げた。

＊＊＊

雨上がりの夕暮れの商店街を自転車で、山根かずえが颯爽とかけてきた。カランカランと元気にドアを開け、店に入る。

「いらっしゃい……ま……せ」

久美が目を丸くしてかずえを見つめる。

「ねえねえ、これも、よかったらもらってくれん？　テングサ」

久美はデジャヴを感じた。同じ光景を、同じ言葉を聞いたような。

「いやあのね、家でどうにかしようと思って寒天を作ってみたんだけど、なんだか生臭くて。餅は餅屋ってこのことね、って思ったわ」

そうだ、今朝の光景とまったく同じだ。ショーケースの上に山と積まれたテングサに、久美は呆然と立ちつくした。

＊＊＊

この日から数日、久美はドアの外側に貼り紙を貼り続けた。

『ところてんあります』

その貼り紙効果にぶり返した暑さも手伝って、いつもの倍ほどの客がところてんを求めてやってきた。店舗内の小さなテーブルでは間に合わず、厨房に仮設の客席を作ったほどだ。厨房に入った年配の常連客は皆、室内をぐるりと見渡して同じことを言った。

「先代のときと変わらないねえ」

久美は常連客中、最高齢の美鈴《みすず》おばあちゃんに話を聞いてみた。厚手のTシャツの上に卵色のカーディガンを着た小柄な美鈴おばあちゃんは、椅子を久美の方に向けて、ちょこんと座り直すと、小さな目を細めて昔話を始めた。

「このお店は大正の初めころに先々代の、荘介さんのひいおじいさんが建てたとよ。そのとき、近所に配ったお菓子が洋菓子やったんよねえ。子ども達はみんな喜んで食べよった。

私ももらった小さなキャンディやチョコレートを大事に大事に食べたと。それから代が代わって荘介さんのおじいさん、航介さんがお店ば継いだとよ。航介さんはお店でお菓子教室を開いちょった。近所の主婦が詰めかけて大繁盛しとったと」

「美鈴さんも、お菓子教室に通ったんですか？」

「当たり前くさ！　あんなハンサムな先生が教えてくださるっちゃもん。胸をときめかせて通ったばい。作っとったのは先代までは洋菓子ばっかだったばってん」

久美が微笑ましく話に聞きいっていると、美鈴おばあちゃんがこっそりと、耳打ちした。

「荘介さんがお菓子教室を開かなくてよかったねえ」

久美はこっそり聞き返す。

「なんでですか？」

「荘介さんを一人占めできるとやけんねえ、久美ちゃん」

久美は耳まで真っ赤になった。

美鈴おばあちゃんはところてんをつるるると食べ終えると、りんごの寒天を買って店を出た。久美は赤い顔のまま店の外まで美鈴おばあちゃんを見送りに出た。

「そうそう、久美ちゃん」

「はい？」

「先代はねえ、美味しそうにお菓子を食べよる女の人が大好きやったとよ。だからいつもお菓子を買いに来よった女子学生と結婚したと。きっと、荘介さんも同じじゃろうね」

そう言うと、美鈴おばあちゃんはウインクして、夕陽に向かって帰っていった。久美はますます赤くなった頬を押さえて店に入った。

「久美さん、どうしたんですか？　顔が真っ赤ですよ」

「や！　あの！　夕焼けが映ってるんやないでしょうか……」

「ああ、もうこんな時間でしたか。お客さんも落ちつきましたし、ところてんも品切れだし。少し早いですが、店を閉めましょうか」

「はい、じゃあ戸締りしますね」

「久美さん」

「はい？」

荘介はにっこり笑うと、ショーケースを指差した。

「寒天はあまり日持ちがしません。残ったりんご寒天、一緒に食べましょうか」

「はい！」

勢いよく返事をした久美は、急いで店の外に出て看板をしまおうと抱え上げた。雨上がりの夕陽が久美の頬を照らし真っ赤に映えた。

草原を駆ける羊羹《ようかん》

「久美さん、土曜日の夜、予定ありますか？」

閉店後、久美が店舗の掃除をしていると、厨房から顔を出した荘介が尋ねた。

「いえ、なにもないです」

「では、空けておいてくださいね」

そう言うと顔を引っこめ、荘介は厨房の片付けに没頭した。久美はぽかんとしてしばらく掃除の手が止まった。

秋分の日も過ぎた土曜日、久美は朝からそわそわして、いつもの黒いパンツではなくプリーツの多いスカートにしてみたり、いつも使わない頬紅をつけてみたり、昼休みにグロスを買ってみたりした。夜の予定を開けておけと言われるなんて初めてだ。今日は試食じゃないらしい。何を期待するわけでもないけれど、いや、少しは期待して、久美はドキドキと胸を高鳴らせた。

いつもより早く品切れして暇になった久美は一層そわそわして、カバンから取りだしたグロスを塗ってみた。つややかになった唇はふっくらとふくらみ、自分がいつもよりも三割増しにかわいくなったような気がした。

カランカランとドアベルを鳴らして常連の木内《きうち》八重《やえ》がやって来た。茶道の師範をしている八重はいつも和装で、今日も秋らしい竜胆《りんどう》の袷《あわせ》を着ていた。

「木内さん、いらっしゃいませ」

にこりと笑うと、八重も上品な微笑みを返す。

「久美さん、今日は雰囲気が違うのね」

久美は慌ててスカートの裾を引っ張る。

「え？　え？　そうですか？　いつもどおりですけど」

「そう？」

八重はそれ以上追及せず注文することにしたようだ。

「羊羹を十五棹《さお》お願いしたいの」

「十五棹ですか？　たくさん、ありがとうございます」

八重はうふふ、と笑う。

「お祝い事があってね、お教室のみんなが集まるの。内祝いにしようと思って」

「ありがとうございます！　美味しいのをご用意しますね！」

久美はとっておきの笑みを浮かべた。

夕方、放浪から帰ってきた荘介に〝予約注文〟のことを告げると、荘介は破顔してご機嫌になった。その笑顔のまま厨房の片付けに向かう。

「久美さん、ちょっと早いけど、お店閉めちゃいましょう」

久美はスカートをふわふわ揺らしながら、荘介の言葉どおりに看板をしまう。大型の注文、今夜の荘介との約束。今日は本当にいい日だ。

「おー!?　久美ちゃん、今日は一段とかわいいな」

能天気に明るい声に振り返ると、斑目がぶらぶらと歩いてきたところだった。

「斑目さん、今日はもう閉店ですよ」

「知ってるよ。午後七時集合だろ」

「集合？」

久美が首をひねると角を曲がって由岐絵がやってきた。

「やっほー、久美ちゃん！　きゃー、今日はおめかしさんね！」

久美はぽかんと口を開け、すぐに閉じた。無言で二人を店内に招く。

「それで？　みんなして集合して、今日はなんの集まりなんですか？」

不機嫌な声を出す久美に由岐絵が首をかしげる。

「あらら？　久美ちゃん聞いてないの？」

斑目が苦笑しながら腕を組む。

「荘介はあいかわらずヌケてるな。今日は納涼会だぞ」

「納涼会？　もう暑くもないのにですか？」

厨房から出てきた荘介がにこやかに話しかける。

「や、みんな揃《そろ》ったね。じゃあ行こうか」

「荘介さん、なんで秋風も吹きはじめて、朝夕は肌寒いこの時期に納涼会なんですか？」

「久美さん、手紙の書き出しみたいだね。まあ、秋は人を詩人にするからね」

妙なところに着目した荘介に代わって斑目が説明する。

「夏の暑さの疲れを全部抜いてしまおうっちゅう会だな。まあ、納涼っていうより季節の変わり目の慰労会って言うのがいいだろうな」

「さあ、そんなこと言ってないで早く飲みに行きましょう！　荘介、今日の店はどこ？」

「駅の裏の『チンギス・ハーン』に行こうと思って」

久美が首をかしげる。

「チンギス・ハーンってなんのお店ですか？」

「モンゴル料理だよ」

「モンゴル⁉　モンゴルの人って、何を食べるんですか？」

「それは着いてのお楽しみ。じゃ、行こうか」

荘介の先導で一行はぞろぞろと駅に向かって歩きだした。

店がある商店街を抜けるとすぐに大橋の駅前広場にたどりつく。大きな楠《くすのき》が生えていて町の人の憩《いこ》いの場だ。夏の暑い日、木陰に入るとふっと涼しくなる。そのころは木陰で暑気から逃げている人もちらほらいた。今はもう秋の初め、夕暮れどきの楠のそばには誰もおらず、寂しさがつのる。

駅前は商店街の喧騒とは打って変わって物静かな様子を見せている。ベッドタウンのこの町は生活に密着した店は繁盛するのだが、ファッションや趣味方面にはあまり縁がない。駅前のギャル向けの洋装店が一軒だけ頑張っているのがいじらしい。

そんな寂しげな駅のさらに裏というのだから、どんなに寂れているかというと、そんなことはなかった。駅裏は飲み屋街で深夜まで煌々《こうこう》と明るいのだ。

そんな繁盛している店の中の一軒、倉庫のような建物が、目指す『チンギス・ハーン』だ。倉庫のような入り口から中に入ると、久美が歓声を上げた。

「倉庫の中に家がありますよ、荘介さん！」

「うん。あれはゲル。モンゴルの遊牧民の家だね。移動できるように組み立て式なんだ」

丸い壁に丸い屋根、白く分厚いフェルトで覆われた建物は丸っこくてぬいぐるみのように見える。

「入りたい！　中に入りたいです！」

「久美ちゃん、そんなに慌てなくても今から入るぜ」

「でも、あんなに小さな家ですよ？　すぐに満員になっちゃいますよ！　早く入りましょうよう」

由岐絵が久美を抱きしめ頭をなでる。

「もう、久美ちゃんはかわいいなあ、もうもう」

「じゃ、行きましょうか」

三人の騒ぎは軽くスルーして荘介はさっさとゲルの中に入った。

「広い！」

入り口で靴を脱いで上がり込んで初めて久美が発した言葉だ。

「何十人、入れるんですか！」

「ゲルは見た目より居住性がいいんだよ。冬は暖かくて夏は涼しい。納涼会にぴったりでしょう」

店内に客は八分ほどで、荘介たちはすぐに掘りごたつ式のテーブルに案内された。久美はいそいそとメニューを開いたが、すぐに眉を八の字にして情けない声を出した。

「全然読めません」

「それはモンゴルと中国の言葉のメニューだよ。日本語はこっち」

荘介から手渡されたメニューを久美は真剣に見つめる。

「羊が多いんですね。焼羊、茹で羊、煮羊」

「モンゴルの料理は基本的に羊、乳製品、塩だそうだよ。それと小麦粉」

「私、羊肉初めてです！」

由岐絵が久美からメニューを取りあげる。

「初めてならスープがいいんじゃない？　臭みもないし」

「え!?　羊って臭いんですか？」

由岐絵からメニューを受け取った斑目がメニューを指差しながら説明する。

「羊には羊臭があるわけだ。豚肉から豚肉臭がするのと同じだが、食べ慣れないと体が受けつけにくいってのはあるかもしれんな。この肉まん、ポウズもいっとこうぜ。おっとその前に、みんな生でいいだろ？　いいな。おねえさーん！　生ビール四つ」

「え！　斑目さん、勝手に決めないでくださいよ」

斑目が驚いた目で久美を見つめる。

「なんだあ？　久美ちゃんはビール飲めんのかよ」

「飲めますけどお」

「なら『とりあえずビール』は大人の常識だろ。ほら、来た来た」

やってきたグラスを斑目が嬉々としてみんなに配る。

「では！　第一回、お気に召すまま納涼会、始めましょう！　乾杯！」

「かんぱーい」

四人で乾杯してごっきゅごっきゅとビールを喉に流しこむ。仕事のあとのビールは体の隅々まで沁みわたるようだった。

斑目が主導して頼んだメニューは、野菜と羊肉のスープ、羊肉のミンチが入った肉まんじゅう、骨付き羊肉を茹でたもの、モンゴルのチーズを揚げたもの。

最初に運ばれてきた肉まんじゅう、ポウズを食べた久美は口を手で押さえ、大きく目を開いた。

「んんん！　うまかぁ！　ジューシーだし、ぜんっぜん臭くないですよ。むしろ旨味《うまみ》が強くて食べやすいくらい」

「それはよかった。さすが久美さん、食べることの才能は素晴らしいね」

軽口をたたく荘介を軽くにらみ、久美はチーズの揚げものも茹でた羊肉もぺろりと平らげていく。

「久美ちゃん！　食べっぷりがいいわあ！　すてきよお！」

「由岐絵さん、べろべろじゃないですか。いったいビールどれだけ飲んだんですか？」

「半分だけー」

「ええ!?」

見ると、由岐絵のグラスは本当に半分だけしか減っておらず、ビールのあとにモンゴルウォッカに手を出した斑目との摂取アルコール量の違いに久美は度肝を抜かれた。

「由岐絵さんって、お酒弱いんですか!?　意外！」

「なによお。私だってか弱い乙女なのよう。かわいがってよう」

久美の肩にもたれかかり太ももをなでまわすというセクハラを始めた由岐絵に、荘介がスープを勧める。

「ほら由岐絵、これ美味しいから」

由岐絵は素直にスープを受け取り、喉を鳴らして飲みほした。

「かあ～！　この一杯のために生きてる！」

斑目が横目で由岐絵を見ながらツッコむ。

「使いどころを間違ってるぞ、お前」

「うるさい、ばからめ！　あんたもスープ飲んで酔いを覚ませ！」

「俺はまだ酔ってないが……」

　斑目も荘介も静かにスープと向かい合う。久美もスプーンを手に、湯気を立てている羊のスープに向き合った。

「美味しい！　塩味がきりっとしていて、でもまろやかで。温かさが、すうっと入ってきて体に沁みわたるみたい。これ、家で毎日食べたかぁ！」

　荘介がくすくす笑う。

「久美さんは本当に食に対して貪欲だね」

「なんですか、貪欲って！　探究心が強いって言ってください！　いつかこのスープより美味しいものを探しだしてみせますから！　荘介さん、覚悟してくださいよ」

　酔いが回ってきたのか絡みだした久美に、荘介は食べ物の話題を振った。

「そうそう。羊羹はもともと、こういう羊のスープだったという説があるよ」

「えー。スープと羊羹じゃまったく別物じゃないですかあ。ガセですよお」

　据わった目で苦言を口にする久美に、斑目が説き伏せるように言葉を返す。

「いやいや、久美ちゃん。あながちガセでもないぜ。羊羹の羹の字は〝あつもの〟と読んで、肉、野菜を入れた熱い吸いもののことなんだよ」

「えー。嘘くさあい。ほんとですか、荘介さん」

　荘介は苦笑いしながら答える。

「そうだね、辞書にそういうふうに載ってるから間違いないと思うよ」

斑目は荘介の言葉尻にのり、久美に畳みかけるように言う。

「中国の南北朝時代に北魏《ほくぎ》という国の捕虜になった男が料理を作って太武帝《たいぶてい》を喜ばせたっていう話が『宋書』って本に載ってるんだよ。それが羊入りのスープだったと言われてるわけ。冷めると煮凝《にこご》りみたいにゼラチン質の塊になるから、それを真似て作ったのが羊羹の元だと言われてるわけだな。だいたいね、久美ちゃんはいつもいつも端から俺の言葉を疑ってかかるが……」

「すいませーん、馬乳酒《ばにゅうしゅ》一つー」

斑目の言葉はまるっと無視して久美が注文を入れる。

「斑目、そろそろよしておかないと久美さんに絡んだら後が恐いよ」

「なんですか、荘介さん！　私が絡むと思ってるんですか!?」

「いや、久美さんじゃなく……」

「久美ちゃ――ん！　私酔っちゃったあ、膝枕してえ」

納涼会は和やかに過ぎていった。

＊＊＊

「……おはようございます」

日曜を挟み、翌営業日の月曜の朝、久美は店の戸をそっと開け、そっと挨拶しながら、そっと店に入った。

「おはようございます、久美さん。もしかして三日酔いですか？」

「そんなに飲んでませんー　そうじゃなくて……。あの、私、絡んだりしちゃってご迷惑をおかけしました」

「なんだ、そんなこと。あんなの斑目に比べたら赤ちゃんみたいなものだよ、気にしないで。それより、羊羹を作ったんだよ。食べてみて」

招かれるままに厨房に行くと、調理台の上にはピカピカ光る濃い紫の延べ棒が三十棹ほど並んでいた。

「すごい量！　どうするんですか、こんなに？」

「お店に出すよ。久美さんに全部食べろとは言いません」

「言われてもお断りします。それより、この羊羹の中に入っている白いぷにぷにしたものはなんですか？」

「ういろうだよ。寒天が発明される江戸時代の前までは羊羹は蒸して作る蒸し羊羹だったんだ。小豆のこし餡に片栗粉なんかを混ぜて蒸していたそうな。それでね、羊羹の語源の話なんだけど、土曜日に話した以外にも、羊肝という文字を使った蒸し餅があって、それが由来だという説もある」

「で、どっちがほんとなんですか？」

「わかりません」

「はっきりしてください。中途半端は嫌いなんです」

「わからないので、二つを一つにまとめてみました」

久美はしげしげと羊羹を眺める。

「つまり、煮凝り的な物の中に蒸したお餅が入っているわけですね？」

「そう。さあ、食べてみて」

荘介に促されて久美は羊羹を口に入れ、もっちもっちと噛みしめる。荘介は久美を眺めながら講釈を始める。

「羊羹自体は非常にシンプルなお菓子だよ。こし餡、寒天、砂糖、水、材料はたったこれだけ。溶かした寒天に砂糖、こし餡を加えて冷やして固めれば出来上がり。それだけに作り手の腕が問われる難しいお菓子だと僕は思うんだ」

「荘介さん！　これすっごく美味しいです！　なめらかな部分ともちもちの部分がそれぞれ違う味わいで、それなのに二つが馴染んで一つの味になっていきます。甘いんだけど甘すぎないし、ほろっと溶けるみたい」

荘介はにっこり笑う。

「寒天部分と蒸し餅の部分で砂糖の配合量を変えているんだ。溶けやすいのは寒天の量を極力減らしているからだよ」

「こんなに美味しい羊羹、初めてです」

照れたように笑いながら、荘介は羊羹を梱包していく。

「よかった。安心して店に出せるよ」

「ぜひぜひ！　なんなら看板商品にしてもいいくらいですよお。この味、なんというかこう……至福？」

　荘介の眉尻がますます下がる。

「ふふふ。じゃあ、明日も作ろうかなあ」

「荘介さん、この羊羹、日持ちは？」

「冷蔵庫で三日だね」

「じゃあ、明日は作っちゃだめです」

「えー」

「今日だけではこんなにたくさん売れないでしょう？　木内さんのご予約は十五棹だけなんですからね」

「そんなの売ってみなければわからないよ。羊羹好きのお客さんで大行列ができるかもしれないし……」

　久美は厳しい目で荘介を調理台の向こうへ引き下がらせ、出来上がっていた羊羹を抱えて店舗に移った。

「あらまあ、美味しそうな羊羹」

　朝一番にやってきたのは、予約をしていた木内八重。久美は飛びっきりの笑顔で八重を迎えた。

「今日初めて出た新作和菓子なんですよ。羊羹の中に蒸し餅が入ってて、もっちりしていて美味しいですよ」

「あらあ、それは嬉しいわ。予約の分も含めて、三十棹全部いただける？」

「え！　そんなに!?」

「ええ、内祝いだけじゃなくて、お使い物にもしようかと思って」

「あ、ありがとうございます！　ただ、お日持ちが三日ほどですので、お早めに」

「大丈夫よ。こちらのお菓子はみんな我先にと手を伸ばすから。すぐ食べきってしまうでしょう」

八重が大きな包みをかかえて店を出る後ろ姿を、久美は呆然と見送った。ふと振り返ると、荘介が久美にニヤリと笑ってみせた。

「はい。わかりました、荘介さん。明日も羊羹をどうぞ。でも今日みたいに作りすぎないでくださいよ」

「はい、久美さん。任せてください」

荘介は心の底から嬉しそうに笑うと、厨房に戻っていった。

久美は心配を隠せずに、荘介のあとを追って厨房を覗いた。荘介は嬉々として小豆の選別をしていた。

「ほんとにお菓子を作るのが好きなんですねえ」

「はい、もちろん」

「いつもそれくらい真面目に働いてくれたらいいんですけど」

荘介は久美の言葉は聞こえないふりをして仕事に没頭した。

薔薇と恋と酒と

カランカランという音とともに開いた店のドアを振り向いた久美は目を見開いた。

大きな薔薇《ばら》の花束を抱いた荘介が立っていたのだ。久美はぽかんと口を開けて、しばらくして口を閉じて荘介に尋ねた。

「ど、どうしたんですか、その花束!?」

荘介はにっこりと笑いかける。

「これ、久美さんにプレゼントです」

そう言って差しだされた紙片を、久美はまじまじと見つめた。荘介は花束を抱いたまま香りを楽しんでいる。

「領収書？」

「そうです」

「その花束の？」

「ええ」

久美は渋い顔をする。

「誰かへのプレゼントですか？　それなら経費では落としませんよ」

荘介は大事そうに、ふわりとピンクの薔薇の花束を抱くと久美に微笑んだ。

「誰にも渡しませんよ。僕の大事な薔薇です」

久美は胡散臭《うさんくさ》いものを見る目で花束にキスしそうな勢いの荘介をながめる。

「荘介さん、ナルシストでしたっけ？」

「ナルキッソスは水仙ですよ。けど、お菓子屋さんに水仙は似合わないよね、毒があるし。それに季節が限定されてしまうし、十一月じゃあまだ咲かない……」

にこにこと、もっと語りそうな荘介を、久美は半眼で見下ろして止めた。

「で？　その薔薇はお店に飾るんですか？　量が多すぎませんか」

「ああ、飾るのもいいですねえ。けれどそれはまたの機会に。これはせっかくお隣の花屋さんで仕入れてもらった無農薬のダマスクローズですから」

「だますくろーず？」

久美は手を伸ばし花びらに触れてみた。美しい猫の毛なみのようにやわらかでなめらかなピンクの花びら。花束の半分以上はまだつぼみで、けれど香りは今まで見てきたどんな薔薇よりも芳醇《ほうじゅん》だった。

「『薔薇の女王』とも言われる、香り高い薔薇だよ。クレオパトラも愛したと言われていて、薔薇風呂や薔薇のベッドなんかを楽しんだらしい」

「たしかに、荘介さんがお店に入ってきてからいい香りがしてますもんね。で、その女王薔薇で何をするんですか？」

荘介はにっこりと、それはそれは嬉しそうに笑った。

「薔薇のお酒を作るんですよ」

荘介は花束を抱えて厨房に入っていった。

久美は店内の細々《こまごま》した仕事をしながら、手が空いた折々に厨房を覗いた。

はじめに覗いたときには荘介は薔薇のつぼみの花びらを一枚ずつはずし、濡れぶきんで丁寧に拭いていた。

次に覗いたときには荘介は広口瓶を煮沸していた。

その次に覗いたときには、煮沸した瓶に花びらを詰め、氷砂糖で満たしていた。

「久美さん？」

「えっ」

瓶を満タンにした荘介が、優しい微笑みとともに久美を振り返った。

「そんなに気になるなら、ずっと見てたらどうですか？」

久美はそわそわと手を動かしエプロンの裾を握り、荘介に反論した。

「お客様の対応をしないといけませんから！」

「でも今日はまだお客様一人もいらっしゃらないよね」

久美はぐっと、言葉に詰まった。そうして素直に調理台のそばに近付いた。

「薔薇のお酒を何に使うんですか？」

「バレンタインにチョコレートボンボンを作ろうかと思って」

久美は目を見開いた。

「バレンタイン⁉　クリスマスもまだ終わってないのに？　しかも今から？」

「うん。薔薇のお酒は熟成させるからね。早めに作っておかないと」

「いえ、そうではなく。荘介さんが昼間に率先して仕事をするなんて……。斑目さんが聞いたら『槍《やり》が降る』って言いますよ」

「……雨どころか槍までって……、僕はなんだと思われているんだろうね」

「サボり魔じゃないですか？」

荘介は口をへの字にして手にヘラを持って久美に見せつけた。

「働いてます。薔薇のリキュール、もう完成しますよ」

「ほんとですか⁉」

久美のきらきらした目に荘介は曖昧な笑顔を返す。

「まあ、三か月ほど熟成期間があるんだけどね」

いかにもがっかりと久美は肩を落とす。

「久美さん、そうがっかりしないで。一週間もしたら味見はできるから」

「え？　でも三か月寝かせるんじゃ……？」

「薔薇のお酒はね、薔薇の花びらと氷砂糖を煮沸消毒した瓶に詰めて、ホワイトリカーを満たすんだよ、ご覧のとおりね。そのまま置いておくと一週間くらいで薔薇の色が抜けてくる。そうしたら薔薇の花びらを取りのぞいて、残った液体は熟成させる。すると口あたりのいい薔薇酒になるよ」

荘介は説明しながら瓶にホワイトリカーを注いでいく。氷砂糖と薔薇の花びらがみずみずしく揺れる。瓶の口いっぱいまで液体で満たすと、荘介は固く蓋を閉めた。

「さあ、これで仕込みは終わり。一週間後に味を確かめたら熟成を始めますよ。今は他の仕事に移りましょうか」

「今日は本当に働き者ですね。今度は何を作るんですか？」

荘介は花束の三分の一ほど残った満開の薔薇を手に取ると、花びらを一枚ちぎって口に入れた。もぐもぐと口を動かしながら天井を見つめる。しばし天井と語らったあと、久美に視線を戻した。

「薔薇の花びらの砂糖漬けを作りましょう」

暇な久美は本格的に厨房に居座り、荘介の仕事を見つめることにした。

薔薇の花びらを一枚ずつ優しく取り、綺麗に拭きあげる。卵白を溶いて小さな刷毛で丁寧に花びらに塗っていく。湿り気を帯びた花びらをたっぷりの砂糖にくぐらせ、ワックスペーパーにそっとのせる。

「荘介さん、薔薇の砂糖漬けって、なんだかマザーグースみたいですね」

「マザーグースですか？」

「ええ。Roses are red, Violets are blue, Sugar is sweet, And so are you. っていうんですけど、なんとなくイメージが似ているような」

「薔薇は赤い、菫《すみれ》は青い、砂糖は甘い、そうして君も、か。たしかに、甘い感じだね。そうそう、菫も砂糖漬けにするしね」

「赤と青の砂糖漬けの花びらなんて、女の子が喜んじゃいますね」

「今日は薔薇だけだけどね。はい、久美さん。出来立てをどうぞ」

荘介が砂糖衣をつけたばかりの花びらを久美に手渡す。久美はピンクの花びらの砂糖漬けをしゃりしゃりと噛みしめる。

「甘くってちょっと苦くって薔薇の香りで。これって恋の味ですね」

荘介は口元に笑いを湛えて横目で久美を見た。

「詩人ですね」

久美は真っ赤になって店舗に駆け戻った。

＊＊＊

一週間後、荘介が薔薇のお酒を漉《こ》していると、久美が覗きにきた。

「お店の方まで、薔薇酒のいい香りがやってきてますよ」

「それはすごい。熟成させたらどれだけ濃厚に香るんだろうね」

広口瓶から出た花びらは色が抜けて真っ白になっている。その抜けた色と香りはすべてが酒に溶けだしていた。瓶の中には薔薇色のとろりとした液体だけが残された。

「ちょっと舐めてみましょうか」

荘介は食器棚からクリスタルの小さなグラスを二つ出し、薔薇のお酒を数滴ずつ酌みいれた。一つのグラスを久美に手渡し、軽くグラスを合わせる。クリスタルが澄んだ高い音を立てる。まるで上質なバイオリンのような。グラスを持ち上げ陽にかざして向こうを覗くと、世界は薔薇色に染まった。

久美は自分が薔薇色に輝いていることに気づいた。それは胸にしまった大切な気持ちが、隠しきれずに溢れたかのような輝きだった。

二人はグラスをかたむけ薔薇酒を口に含む。ころころと舌の上でピンクの液体を転がすと、口の中から全身に薔薇の香りが広がる。全身を優しさが満ちていく。

「荘介さん……。これ、乙女のお酒ですね」

「本当に。どうしよう、バレンタインのチョコって男性に贈るものじゃないか。喜ばれると思う？」

久美は確信を持って頷く。

「乙女心をプレゼントされて、嬉しくない男性がいます？」

荘介は納得して笑顔を見せた。

「僕なら大歓迎ですね。チョコは大好きだし」

「そうだ、荘介さん。ピンクの薔薇の花言葉って知ってます？」

「いいえ、知りません」

「私、調べました！」

荘介は久美の頭をぽんぽんとなでる。

「さすが久美さん。仕事が早い」

久美はえへへ、と言いながら知識を披露する。

「上品、おしとやか、恋の誓い」

「いいですね。薔薇のチョコレートを作るときの参考にもなりそうです。ありがとうございます」

いえいえそんな、などと言いながら久美が身をよじる。

「それじゃあ、この瓶はバレンタインシーズンまで寝かせましょう。そのときまで恋心が消えないように、おまじないをしてね」

「おまじないですか？」

荘介は厳重に密封した瓶に口づけをした。久美が頬を赤らめる。荘介は久美に優しく笑いかけてから、瓶を保存用の地下貯蔵庫にしまった。

いつか夢の中で

「荘介さん、夢の中でものを食べていたことってありますか?」

店番をしていた久美が厨房に顔をつきだして尋ねる。朝から客が一人も来ない珍しい晩秋の昼下がり、荘介は厨房で遅い昼食をとっていた。

「夢の中でですか? さあ、記憶にはないなあ。それが、どうかしたんですか?」

「昨夜、久しぶりに夢を見たんですけど、その夢、子どもの頃から繰り返し繰り返し見てるんですよ」

「へえ」

「どこかのお店のテーブルで、目の前に美味しそうなお菓子を出されて喜んで食べるんです。それが本当にもう、美味しくて。幸せで幸せで、目覚めてから今もまだ幸せなんです」

「そんなに幸せになれるなんて気になるな。どんなお菓子なんですか?」

「それが、形も曖昧だし、味も今まで味わったことがない味で」

久美はしょんぼりと床を見る。

「あのお菓子、ほんとにほんとに美味しいんですよ」

「作ってみましょう」

荘介がなんでもないように言うと、久美は驚いて弾かれたように顔を上げた。

「作ってって……。だって夢の中の話ですよ」

「けれど久美さんはそのお菓子を味わったんですよね」

「はい」

「なら久美さんの舌がその味を覚えているはずです。君は優秀な試食人ですから」

荘介はにっこり笑うと食べかけのサンドイッチをしまって調理台に向かった。

「え、今から作るんですか？」

「はい。善は急げでしょう？」

荘介は椅子を店舗と厨房の境の辺りに置くと、久美を座らせた。久美は店の様子を見ながら荘介の質問に答える。荘介はレシピノートを手に、久美に向き直る。

「じゃあ、まずは味の感想を聞きたいかな。甘かったとか簡単なことでいいんだけど」

久美は目をつぶり天井を向く。

「あれは、甘くって、とろっとしていて、少し酸味があって……」

思い出すごとに久美の表情はうっとりとしたものに変わる。それこそ夢を見ているかのような。

「舌にのせると、とろんととろけて、でも流れていっちゃったりはせんとよ」

「食感はどうだった？」

「とろーり、さくっと、ふわっと。そうそう、さくっとしたときに口の中が特に甘くなるんやった」

久美はゆらゆらと体を揺らす。その姿は催眠術にかかっているようにも見える。

「カトラリーは？」

「フォークで食べたとよ。少し大きな、ケーキフォークより大きめな」

「ふんふん。なかなかいいヒントが集まりましたね。これならいけるんじゃないかな」

「本当に⁉　たったこれだけで？」

「いや、もう少しヒントがほしいんだけどね。久美さん、小さい頃のおやつはどんなものだった？」

久美は人差し指を頬につけて首をかしげる。

「そうですねえ、うちはほとんど母の手作りやったかな。ホットケーキとかドーナツとか粉ものが多かったですね。あとはアイスキャンディ」

「それも手作り？」

「はい。みかんとかリンゴとかのジュースを凍らせとったんです。夏の暑い日は美味しかったなあ」

ふんふんと頷きながら荘介はノートに文字を書き込む。

「それじゃあ、今まで食べた中でその夢のお菓子と一番似ていたものってあるかな」

腕組みしていた久美がぼそりとつぶやく。

「クレームブリュレ……。『アメリ』に出てきた」

「あの映画の？」

「はい。食べたことないけど、きっと『アメリ』のクレームブリュレは、夢のあの味にそっくりなんよ」

「なるほど……。けれどそっくりなだけで同じ味ではないんだ。それを作っても、久美さんの夢の味そのものではない」

「そう……だと思う。たぶん」

「そもそもクレームブリュレに酸味はないし、うちで作ってるのはブリュレじゃなくて蒸しプリンだしね。よし！　それじゃあ作ってみよう」

「え！　もう作れると!?」

「いろいろ試して食べてみるしかないでしょう。いくつか試作しますよ」

店の方でカランカランとドアベルが鳴り、久美は急いで応対に出る。荘介はエプロンの紐を結び直し、調理に取りかかった。


客がとぎれず次々にきて、閉店間際にはショーケースの中はほぼ空になっていた。早めの時間に店を閉めていると店内に甘い匂いが漂ってきた。久美は店じまいを終えてシャッターをおろして厨房に入っていく。荘介が忙しげに立ち働いていた。

「久美さん、いくつかできていますよ」

荘介はすでに調理台の上に三つのケーキをのせていた。オーブンからはバターたっぷりの生地が焼ける香ばしい匂いがしている。

並んだケーキはそれぞれオレンジ、黄色、茶色のクリームでデコレーションされ、中に何が入っているのかはわからない。

「さあ、久美さん。どれからでも召し上がってください」

荘介から大ぶりのフォークを手渡され、久美は手近にあったオレンジ色のケーキから食べてみることにした。

フォークで一片を削りとる。断面は三層になっている。外周を覆う爽やかな酸味の果肉入りオレンジのクリーム、その中に真っ白なミルクババロア、その下は薄く薄く伸ばしたタルト生地、それがサクッと割れたらマンゴーがたっぷり入ったカスタードクリームにたどりつく。

久美は大きく口を開けて、フォークをそっと入れる。舌にのったケーキは、ババロアがとろんととろけて、そこにタルト生地の歯ごたえとマンゴーのつるりとした食感が加わる。

「荘介さん、これバカンス！　って感じです。夏の旅行で南の島に行ったみたいな。わくわくします」

「よかった。夢の味だった？」

「いえ……、近いんですけど、違いました」

荘介はにっこり笑って久美に椅子を勧めた。久美は次の黄色のケーキに取りかかる。レモン色のアイシングで表面を覆われたケーキにフォークで切れ目を作ると断面は折り重なった三層。固めのカスタードクリームの下に、薄いビスケット生地。その下にレモンの皮が混ざったメレンゲ。

　久美は大きな口でフォークをくわえた。

「んんんん！　酸っぱくてさっぱりして、美味しいです！」

「うんうん。よかった」

「でも、これも違う気がします。クリームの中に生地が埋まっちゃって、あんまりさくっとしないって言うか……」

　荘介はにっこりと最後のケーキを差しだす。

　そっと生地にフォークを入れると、久美は目を閉じ、観察せずに舌だけで感じようとしてみた。

　チョコレートクリームの下にクランベリーのコンポートと大きめのチョコチップ、その下にはガトーショコラ。

「これは……大人の贅沢《ぜいたく》って感じですね」

　久美のつぶやきを、オーブンが焼き上がりを告げるビーッという音が掻き消した。

「で、これが本命なんだけど」

　荘介はオーブンから取りだしたばかりのケーキを切りわける。

「アプフェルシュトゥルーデルっていうオーストリアのアップルパイなんだ。裏が透けて見えるほど薄く伸ばしたシュトゥルーデル、パイのような生地に、砕いたビスキュイ、ナッツの粉、粉砂糖を置いて、その上にりんご、シナモンを振ってバターをのせて。あとはまた生地で包んで焼くだけ」

解説しながら荘介はアプフェルシュトゥルーデルの上に粉砂糖をたっぷり振りかけ、生クリームをのせた。全体的に白っぽいその見た目に、久美の胸がドキンと鳴る。それは夢の中のイメージに似ていた。白い部屋、白い服を着た人が差し出す白いケーキ。焼き立ての熱で生クリームがとろりと溶けていく。

「どうぞ、久美さん。召し上がれ」

久美はフォークで生地に切れ目を入れる。たしかにこの固めのケーキならフォークは大ぶりでないと歯が立たない。ざっくりとケーキの下までフォークを突き立てて大きくすくいあげる。溶けていく生クリームを逃がさないように慌てて口に押し込む。

甘くって、とろっとしていて、少し酸味があって。とろーり、さくっと、ふわっと。そうそう、生地がさくっとしたときに粉砂糖が口の中でほどけて特に甘くなる。

「……ゆめみたい」

久美の言葉に、荘介は調理台に手を突くと、ほっと溜め息をついた。久美は荘介を見上げる。白い服を着た人。いつも私に美味しいものを差し出してくれる人。

「私、今このときのことを、ずっと夢見ていたのかもしれません」

荘介は久美の視線から目をそらし、苦い何かを噛みしめたような表情になる。

「私はここで、このお店で、荘介さんの作ってくれるお菓子を食べることが、小さい頃からの夢だったんです。荘介さん」

久美は強い視線で荘介の視線をとらえた。

「オリジナルのお菓子を作りましょう」

荘介は躊躇して、調理台に置いた自分のこぶしを見つめた。

「さっき食べた三つのケーキ、どれも美味しかったです」

「……あんなの、既存のケーキを小手先で変えてみせただけだよ」

「だったら」

久美は立ち上がり、荘介の顔を覗きこむ。

「作りましょう。世界のどこにもない、あなただけのお菓子を」

荘介は大きく目を見開き、久美を見つめる。その言葉は昔のことを思い出させた。

『作ろう、荘介。世界のどこにもない、私たちだけのお菓子を』

そう言った彼女の言葉が、久美の言葉と相まって荘介の中に沈んでいった。

季節外れのいちご大福

荘介がハンドルを握っている店の配達用の軽バンには、車体にでかでかと『お気に召すまま』と店名が書かれている。その小さな車で郊外までいちごの仕入れに向かっているところだった。

良く晴れた五月の空はどこまでも青く、絶好のいちご狩り日和だ。温室を使わない露地栽培の旬のいちごを仕入れようと連絡したところ、農園主から自分で収穫してみることを勧められた。自分たちで摘んだいちごでいちご大福を作ろうと、車内は盛り上がった。なかばレジャー気分で二人は鼻歌など歌いながら軽快に車を走らせていたのだ。

山道に差しかかり、エンジンが弱ってきていた年寄りのバンは上り坂をゆっくりゆっくり上っていった。急なカーブも急ぐことなくゆっくり回る。

突如、坂の上から大きなダンプが現れた。すごいスピードでカーブを曲がってくる。ダンプの車体が横に揺れ、荘介たちの車線に飛び込んできた。荘介は急ハンドルをきってよけようとしたが、バンの右端のバンパーをダンプに持っていかれた。しまった、と思った途端、ダンプに引きずられ、バンはものすごいスピードでスピンした。そのままダンプの横腹に車体が激突する。

助手席側の扉が完全に潰れた。悲鳴を上げる間もなく美奈子は扉に叩きつけられ——。

ベッドから飛び起きた。今まさに事故に遭ったかのように呼吸は荒く、室温は寒いくらいなのに全身にびっしょりと汗をかいていた。部屋の中は真っ暗で、時計の針の音だけが夢から覚めたことを知らせていた。荘介は額を押さえると俯き、深い溜め息をついた。

＊＊＊

「おっはようございまーす」

久美が元気よく挨拶しながら出勤してきた。厨房に顔を突きだし店主にも挨拶する。

「あら、荘介さん、すごいクマ。どうしたんですか」

「ちょっと眠れなくてね」

ミルフィーユを組みあげる手を止めず、つぶやくように話す荘介に、久美は心配そうな目を向ける。

「大丈夫ですか？　ほんとに元気なさそう」

「大丈夫だよ。一晩くらい眠らなくたって死にはしないよ」

荘介は久美に笑ってみせたが、その笑みも力なかった。久美はまだ続けて話しかけようとしたが、荘介は顔を背け、ケーキ作りに没頭しようとしているように見えた。無理をして話していたんだなと感じて、荘介を一人残し、久美はそっと店舗に戻った。

「あら、今日は和菓子はないのねえ」

朝一番に店にやってきた木内八重がショーケースを覗きこみ残念そうにつぶやく。

「申し訳ありません。今日は洋菓子デーなんです」

和服をしっとりと着こなした八重は人差し指を頬にあて困ったような顔をする。

「宗匠《そうしょう》のところに手土産を持って行こうと思っていたんだけど……。じゃあ今日はカステラにしておくわ」

「ありがとうございます。次はきっと和菓子もご用意しますので」

「そうだ」

八重はぽんと一つ手を叩く。

「うちの温室のいちごがもうすぐ熟しそうなの。そのいちごでいちご大福を作ってもらえるかしら。自分で作ったいちごなら、きっとすごく美味しいと思うの」

「わあ、いいですね。じゃあ、いちご大福承ります。いちごを摘むの、楽しみですね」

八重はカステラを抱えると、にっこりと笑って店を出ていった。

＊＊＊

「え!?　断るってどういうことですか？」

「しばらく和菓子は作らないことにしようかと思って」

俯きがちに言う荘介の顔を、久美は信じられないものを見るような目で見た。荘介は久美と目を合わせないようにしている。

「荘介さん、どうしたんですか？　やっぱり変ですよ」

荘介は深く俯く。

「久美さん、僕は僕の作りたいものを作る。そうやって今までもやってきただろう？」

「知ってます。けど、うちの店のモットーはどんなお菓子でも形にすることでしょう？　食べたいって言ってくれる人がいるなら、どんなお菓子でも作るんでしょう？」

荘介は俯いたまま唇を噛んだ。

「荘介さんのお菓子が好きで、荘介さんの味が好きで遠くから買いに来てくださる方に、届けなくってていいんですか？　食べたいって言ってる人に食べてもらわないなら、荘介さんはなんのためにお菓子を作ってるんですか？」

「……ちょっと、出かけてくる」

荘介は静かに出ていく。久美はその背中を不安げに見送った。

秋口の霊園はしんとして、荘介の他に人影はなかった。荘介は一つの墓の前に立っていた。供えられたばかりの菊の花は風に揺れ、線香のゆかしい香りがあたりに広がっている。

「……美奈子、僕はどうしたらいいんだろうね」

はらり、はらりと菊の花びらが落ちた。そっと拾って陽にかざしてみる。そこにも何も見つけることはできない。けれど菊の花びらは生き生きと美しかった。

『食べたいって言ってる人に食べてもらわないなら、荘介さんはなんのためにお菓子を作ってるんですか？』

久美の言葉が強く耳に残っている。荘介はきつく花びらを握りしめ、目を瞑り立ちあがると、力強く歩きだした。

「木内さん、こんにちは」

庭仕事をしていた八重が振り返ると、胸高のフェンスの向こうに荘介が立っていた。

「あら、『お気に召すまま』の店長さん？　どうなさったの」

「ちょっと、いちごを見せていただきたくて」

「ああ、そうなのね。どうぞ入って。温室にご案内するわ」

八重の後ろについて荘介は温室に入った。個人宅のものとは思えないほど大きな温室にはサボテンやラン、ハイビスカスなどが育てられていた。それらの花鉢に囲まれて、一際大きなプランターにいちごがぎっしりと実っている。

「ね？　もうすぐ完熟でしょう？」

赤く染まりつつあるいちごはつやがありヘタも緑で香り高い。申し分なかった。けれど荘介はまだ熟していない緑のいちごに触れる。

「木内さん、この未熟生《みじゅくせい》のいちごをいただくことはできますか？」

「え？　それをいちご大福にするの？」

「ぜひそうさせてください」

八重は首をひねりながらも、緑のいちごを手の平いっぱい摘んで荘介に託した。

「明日の朝、いただきにうかがうわ」

「はい。ご注文承りました」

上機嫌に手を振る八重に見送られ、荘介は帰路についた。

帰りついたときには閉店時刻が迫っていた。ショーケースの中はすでにからっぽで、しかしまだ久美は帰り仕度をすませていなかった。店の扉の前に立ったままの荘介を見つめて身じろぎもしない。

「久美さん、今日はもういいですよ」

荘介に促されても、久美は動かない。

「久美さん」

呼びかけたけれど、ためらって荘介は下を向いた。じっと見つめ続ける久美の視線に呼ばれたように顔を上げ、もう一度、荘介は口を開いた。

「明日、いちご大福を作ります」

久美は黙って頷くと、荘介のそばをそっと通りぬけ、帰っていった。

緑のいちごの甘露煮《かんろに》を作る。いちごと砂糖を鍋に入れ、少し水分が出たところで弱火で炊いていく。アクが出たらすくい、水気がなくなったら火から下ろす。

あとはいつもの大福の下ごしらえをし、明日の準備は終わった。荘介は溜め息をつくと窓から空を見上げた。まだ満ちていない不安定な月が昇っていた。

＊＊＊

「あらあら、美味しいわ」

イートインスペースの椅子に座っていちご大福を口にした八重は、ゆったりとした笑顔になり感想を述べた。

「未熟ないちごを使うって言うから、ちょっと心配だったんだけど、これすごく美味しいわ。甘露煮なのに酸味がさわやかで甘ったるくないのね。食べたことないお味」

八重は、美味しい美味しいと繰り返し、注文していたいちご大福を手に帰っていった。

荘介は厨房から顔を出さず、終始、久美が接客した。好評を荘介に伝えようと厨房に顔を出すと、荘介は餅粉を木桶に入れていた。

「荘介さん、今から何か作るんですか？」

「せっかくだから金柑《きんかん》大福も作ろうかと思って」

その声が明るくいつもどおりで、久美はほっと胸をなでおろした。

閉店後、久美は、ぼんやりしている荘介に聞いてみた。

「荘介さん、どうして完熟いちごじゃなくて未熟なのを使ったんですか」

椅子に座ってぼうっとしていた荘介は小さく頭を振り、頭の中の何かを振り払うかのような仕草を見せた。

「まだ僕は真っ赤ないちごを乗りこえられていないみたいなんだ」

「いちごを乗りこえる？」

荘介は久美の目をじっと見つめた。

「久美さん、聞いてほしい話があるんだ」

その目は暗く、悲しみに沈んでいた。

待っているその人のために

「美奈子は僕に和菓子の作り方を教えてくれた人だ」

閉店後の厨房で、荘介はぽつぽつと語りだした。久美はじっと耳を傾ける。

「僕が祖父からこの店を継いだとき、僕はまだ若くて、店を一人きりで僕の洋菓子だけでやっていく自信がなかった。だから和菓子を担当してくれる人を雇ったんだ。それが美奈子だった」

荘介は普段閉め切っている戸棚を開けてみせた。そこには蒸し器や小さな臼《うす》や焼印などの和菓子用具が揃っていた。それらはどれも古びていたけれど、荘介が手入れしていたのだろう、埃もかぶらず今すぐにでも使えそうだった。

「美奈子の夢は世界中を回ってありとあらゆるお菓子を食べて、それを再現することだった。その夢のためにお金を貯めて、もう少しで行けるところだったんだ」

言葉を詰まらせて、荘介は苦しそうに眉根を寄せた。それでも溢れだす何かを止められないように話を続けた。

「五年前だ。事故だった。僕が運転していた車にダンプが突っこんできた。美奈子は頭を強く打って意識が戻らないまま亡くなった」

久美がそっと口を開く。

「お店の名前に、荘介さんの代になってから『万国菓子舗』とついたのも、荘介さんが世界中のお菓子を作るのも、美奈子さんの夢のため……？」

「今さらそんなことしても、美奈子が食べられるわけでもないのに。わかっているんだけど僕は……」

荘介は握りしめていた拳を開き、手の平を見つめた。そこにあったぬくもりを探しているかのように。

「それに僕は、もう一つの夢を叶えてやることもできない」

「もしかして……」

言い淀む久美の目を、荘介は見ようとしない。

「美奈子さんのもう一つの夢が、どこにもないお菓子を作ることだったんですか？」

荘介はゆっくりと頷く。久美は荘介がいつもより幼くなったような、それなのに疲れ果てて老いてしまったような、そんな表情をしていることに気付いた。荘介は美奈子が使っていた和菓子用具を見つめる。その目は暗く、過去だけを見ていた。戸棚の扉に手をかけて、けれどその戸を閉めることができないでいた。荘介の影がタイル張りの床に黒くわだかまっている。その影が何もかもを飲みこもうとしているように感じて、久美は荘介の目を今に引き戻したくて力強く戸棚を閉めた。

「作りましょう！　作りましょう、荘介さん！　美奈子さんの夢、今から全部叶えてあげましょう」

久美の手から荘介は顔を背けた。久美は荘介の腕にすがりつく。

「そんなことをしても、もう美奈子はいない」

久美は必死に首を横に振る。荘介の腕を握る久美の手は温かく、まるで荘介を包みこむかのようだった。その温かさを追って、荘介は自分の腕から久美の手、腕から肩へと、ゆっくり視線を移していった。その先に久美の瞳がある。久美はしっかりと、まっすぐに荘介の視線をとらえた。

「荘介さんの中にいます。荘介さんの中でまだ生きています。美奈子さんの夢だって、もう荘介さんの夢になっちゃったんじゃないですか？　だって荘介さん、お菓子を作る時すごく生き生きしてる。新しいお菓子に挑戦する時、わくわくしてる」

荘介はくしゃりと顔をゆがめた。久美は荘介の肩に触れる。

「いいのかな……僕は。美奈子を死なせたのに、僕一人だけでお菓子作りを楽しんでいて……。そんなことゆるされるのかな」

荘介の視線は不安げに揺れていた。久美はその揺らぎを止めるように、ゆっくりと一語一語を紡ぎだす。

「それは荘介さんにしかわからないんです。だから、お菓子を作って、その答えを探しましょう」

荘介は小さな子どものようにこっくりと頷いた。

その日から荘介はオリジナルのお菓子作りに没頭した。

店頭に並べるお菓子の種類も減らして、製作時間のほとんどを新レシピの考案に使い、個別の注文もできるかぎり受けないようにしていた。

久美は常連客に断りを言い続けた。

常連客達は皆、何かを察してくれたようで無理を言う人は一人もいない。店舗に顔を出すこともなくなった荘介のことを気にかけて「また来るよ」と少し寂しそうな笑顔で帰っていった。そのたびに久美は深く頭を下げて皆を見送った。そして顔を上げると、なぜか笑顔が強張っているのを感じるのだった。

そんな店舗の様子に気付くこともなく、荘介は何かに取り憑かれたように粉と水とその他さまざまな未知の素材に向き合っていた。荘介の表情は今まで見たことがないほど厳しく切羽詰まっていた。鬼気迫る様子を久美は祈るような気持ちで、そっと厨房の入り口からうかがっていた。

店に並ぶお菓子はだんだん種類も数も少なくなり、荘介は日に日にやつれていった。その姿はまるで呪いにでもかかったようで、お菓子作りを楽しんでいるようには、まったく見えなかった。

誰かを喜ばせるためにお菓子を作り続けていた荘介の姿はどこにもない。久美は荘介にそんな姿でいてほしくはなかった。

きっと誰も荘介のそんな姿は望んではいないだろうと思った。

「荘介さん」

荘介がレシピノートに没頭しているところに、久美が声をかけた。

「なんですか、久美さん」

顔を上げずに答えた荘介に久美は申し訳なさそうに答える。

「予約が入りました。小麦粉を使わないクリスマスケーキです」

荘介は顔を上げ、無表情のままカレンダーに目をやった。

「ああ、もう十二月も中旬なんですね」

久美はおそるおそる束になった予約票を荘介に手渡す。

「こんなにたくさんのお客様が、荘介さんのお菓子を待ってます。作ってくれませんか？

荘介さんのお菓子を待っている人のために」

荘介は手元のレシピノートと予約票を見比べた。予約票に並んでいる名前は、今まで荘介が試行錯誤して予約に応えた人たちの名前だった。桃カステラのお父さん、サバランの奥さん、ワサビケーキの旦那さん、ポテトチップスを自作した親子。その他にも荘介が懸命に考え、幸せを願った人たちの名前が並んでいた。

荘介は予約票を手にして面映《おもは》ゆそうに顔を緩めた。

「うん、そうだった。どこにもないお菓子を作ることだけが僕の仕事じゃない。僕のお菓子を楽しみにしている方たちに満足してもらえるお菓子を届けるのも、今、僕がすべき仕事だよね」

荘介はレシピノートをぱたんと閉じて立ち上がった。

「久美さん、十二月二十四日と二十五日は予約のお客様だけ承ります。貼り紙しておいてください」

「はい」

「小麦粉を使わないケーキはアレルギーの方用ですね。その分は器具を新調します」

「はい」

「それから……」

言いよどむ荘介の言葉を、久美はじっと待つ。

「それから、ケーキ用のいちごは、松岡《まつおか》農園さんに頼もうと思います。取りにうかがおうと思うのですが……」

青白くなるほど緊張している荘介に久美は落ちついた微笑を見せる。松岡農園。荘介が美奈子と向かっていたいちご農家だ。

「久美さん、一緒に行ってくれますか？」

「はい！」

久美は飛びきりの笑顔で答え、荘介は心から滲み出たような深い溜め息をついて微笑んだ。久しぶりに見る荘介の笑顔に、久美は満足して大きく頷く。

「あれ？　でも荘介さん？」

「なんですか」

「うち、車ないですよね。どうやってあんな山の上の農園までいくんですか」

荘介はにっこり笑うと
「徒歩で行きます」

と答える。

「えええええ！　松岡農園まで何キロあると思ってるんですか！」

「嘘ですよ。車は新しく買ったんです。僕もいつまでも逃げ続けるわけにはいきませんからね」

荘介に連れられていった店の裏のガレージには、真新しいバンが停まっていた。車体の横っ腹にでかでかと『万国菓子舗　お気に召すまま』と店名が書いてある。

「すごい！　うちの店の車ですか！」

「そう。これで今までよりも遠くまで配達に行けるようになりますよ」

荘介は久美に笑いかけた。久美は荘介と車を見比べるとしゃがみこみ、車体に書いてある店名の部分を指でなぞった。

「お気に召すまま……。私、この店名、小さな頃から大好きで」

「うん」

「おじいさんに代わって荘介さんが店長になった頃には、私は絶対、このお店で働くんだって決めていて」

「うん」

「夢は叶ったんですけど、新しい夢ができました」

「なに？」

久美は立ちあがると力強くこぶしを握りしめた。

「このお店を、日本一の菓子店にしましょう！」

荘介は苦笑いする。

「それはまた大きな目標だね」

久美は大股で荘介に詰めよる。

「日本中に知られるオリジナル菓子を作って、菓子品評会で金賞を獲って、全国各地からお客さんがやってくる、そんなお店にしましょう！」

荘介はしばらく久美を見つめると、小さく頷いた。

「そうだね、久美さん。そんなすごいお菓子を作ろう。けれどその前に」

「その前に？」

「クリスマスケーキを作りあげないとね。今年はサンタをもっとかわいくして……」

いつもの調子に戻り、にこにことお菓子について語りだした荘介を見て、久美の頬には自然と笑顔が浮かんだ。

＊＊＊

十二月二十四日、小麦を使う前に小麦アレルギーの人のためのケーキを作る。

小麦粉を使わない代わりに米粉を使う。浸水した米をざるにあげて乾燥させ擂り鉢でさらさらになるまで擂る。

卵にキビ砂糖を混ぜしっかりと泡立てる。気泡がなくなりなめらかになるまで泡立て続け、牛乳とグレープシードオイルを混ぜたものを少量ずつ卵の中に入れて混ぜ、完全に混ざったら米粉をふるい入れ、さっくりと混ぜる。型に生地を流しこみ、余熱したオーブンに型を入れる。

「あとは三十分焼くだけ」

「シフォンケーキの作り方に似てますね」

「そうだね。焼いたあとに寝かせる感じも似てるかな」

「デコレーションはどうするんですか？」

「生クリームとサンタとトナカイのマジパン。それとチョコレート」

「オーソドックスな感じですね」

「はたしてそうかな？」

荘介はニヤリと笑うと冷蔵庫からマジパンで作った人形を取りだしてみせた。トレーの上に人形がずらりと整列している。

「かわいい！　サンタにトナカイとソリまで！　どうしたんですか、これ」

「もちろん、作りましたよ。こんなのもあります」

チョコレートで作った屋根と煙突も冷蔵庫から取りだす。

「これ……。サンタが煙突に入るところですか？」

「そう。いいでしょう」

久美はラップにくるまれたサンタをつんつんとつつく。愛嬌《あいきょう》のある顔をしたサンタは優しそうで、なにより幸せそうだった。

「食べるのがもったいないですねえ」

「そんなこと言わないで。食べてもらえないと悲しいよ。ハーブやエッセンスを使って味もすごく美味しくできたんだ。メレンゲの人形みたいに火を通していないから日持ちはしないけど、ケーキの賞味期限内なら大丈夫だよ」

「荘介さんなら、このサンタさん、頭からいきます？　それとも足から？」

「うーん、僕は足からかなあ。久美さんは？」

「一口です！」

荘介はその場面を想像し、マジパンのトレーをそっと背中に隠した。

たった一つだけのお菓子

年の瀬も押し迫った十二月の下旬。荘介の新しいお菓子作りは暗礁に乗りあげた。というよりもはや、転覆の危機に直面していると言えた。

歯が溶けるほどに甘いアーモンド入りの焼き菓子や、干し柿が丸ごと入っていて食べにくいゼリーや、カレー味の大福などを作りあげ、久美はそれらを身震いしながら試食した。こんなに歪んだ味の食べ物を久美は他に食べたことがなかった。けれど決して一口も残しはしなかった。

いつも、試食する時は満面に笑みを浮かべる久美が、必死な顔でお菓子を頬張る。その姿を見るたびに、荘介は肩を落とし、久美は喜んで食べられないことが申し訳なくて身を縮めた。

それでも荘介は、とり憑かれたようにお菓子を作り続けた。自分の持っている知識を総動員して、そこにないものを求めて。

目を瞑って歩くように、幻を掴もうとするかのように。

焦っていた。

焦りは荘介の手を、舌を縛った。

今日も久美が堅すぎる煎餅を顔をゆがめながら歯軋《はぎし》りするように噛んでいると、荘介がそっと口を開いた。

「ごめんなさい、久美さん。やっぱり僕には新しいお菓子なんて作れそうもない」

久美はがりがりと煎餅を噛み砕き飲みくだしてから、荘介の背中を叩いた。

「お煎餅、美味しかったです！　ちょっと固かったけど、こういうの好きな人って結構いると思いますよ」

「……久美さん」

弱々しく久美を見る荘介のまなざしはどこか遠いところを見つめているようで、久美は幻から荘介を引きずりだそうとするように満面に笑みを浮かべた。

「荘介さん、気晴らしした方がいいです。ここのところずっと厨房にこもりきりですもん。頭がパンクしちゃいますよ」

「……そうかもしれない」

「今日、お店閉めたら出かけましょう！」

「出かけるって、どこに？」

「秘密です！」

久美はにっこりと笑った。

荘介が久美に連れられてきたのは博多駅の駅前広場。新幹線が止まる基幹駅は人でごった返していた。その人たちが皆、足を止め空を振りあおぐ。

駅舎がライトアップされてきらきらと光が落ちてくる。その光が凝《こご》ったように広場のそこここには光のオブジェが立ち並び、星空が舞いおりてきたかのようだった。

荘介は首を伸ばして駅舎を見つめた。駅舎に掲げられた大きな時計の文字盤が宝石のようにきらきらと輝いている。二人は肩を並べて光の中をゆっくりと歩く。

「きれいだね」

「はい」

「きれいなものを見たとき、きれいだって言葉以外に、何もいらないんだね。特別なものは何も」

「はい」

「久美さん、ありがとう」

荘介が微笑むと、久美も微笑みを返す。

「私、荘介さんの作るお菓子が好きですよ」

「うん」

「美味しいものを食べたとき、私、一番幸せです」

「うん」

「私、楽しみにしてます、荘介さんのお菓子。世界中の誰よりも」

荘介は深く頷いて答えた。

「美味しいって。ただ美味しいって言ってもらえるお菓子を、作るよ」

荘介はそっと目を瞑り、きらきらと輝く夜景を、きらきらと輝く久美の瞳を、目に焼きつけた。

＊＊＊

――いつも微笑を浮かべていた。おじいさんはお菓子と語り合うように、いつも微笑みを浮かべ調理台に向かって立っていた。

幼い久美は母に手を引かれ菓子店を訪れるたび厨房を覗き、目が合うとおじいさんがにっこりと笑ってくれることが楽しくて仕方なかった。

ある日、おじいさんにそっくりな、しかしとっても若い青年がショーケースの向こうに立つようになった。もう母に手を引かれるほど幼くなかった久美は、一人でお菓子を買い、青年の微笑みに送られて店を出た。

それ以来、久美は小遣いをもらうと菓子店に駆けていった。シュークリーム、ミルフィーユ、ガトーショコラ、モンブラン。久美は財布と相談して二つか三つのケーキを買った。それが月に一度の贅沢で、喜びだった。彼に見送られ店を出ると、夕暮れの太陽が久美の顔を赤く照らした。

久美が高校生になるころ、厨房にいたおじいさんが亡くなったと耳にした。店がなくなってしまうのではないかと心配したが、店は変わらずそこにあった。若い彼も変わらずそこにいて、ショーケースにはお菓子が並び続けた。けれど久美が覗くたび、店内は無人なことが多かった。若い彼はやはり厨房にいることが多かったのだろう。

久美が高校を卒業してしばらくして、店の前に貼り紙があることに気付いた。

『アルバイト募集中』

久美は考える間もなく店のドアを開いた——。


「……久美さん」

遠くから呼ぶ声がする。あの声はショーケースの向こうから、厨房の奥から、いつも久美を呼ぶ。いつものもの、でも懐しい呼び声。

「久美さん」

うっすらと目を開けると肩にかけられたジャケットが見えた。久美はしっかりと目を開き顔を上げる。荘介が久美の肩に手をかけていた。久美は店舗のテーブルに突っぷして寝ていたようだ。壁の時計を見上げると、時刻は午前一時を回っていた。

「久美さん、試食してもらえますか」

荘介に手を引かれ立ち上がる。今日だけで、何度目の試食になるだろう。もう久美の舌は甘いのか辛いのかしょっぱいのか酸っぱいのかわからなくなっていた。ぼんやりとした表情の久美を心配そうに荘介が覗きこむ。

「試食して、もらえますか？」

荘介の言葉に久美はしっかりと頷く。

厨房に招かれた久美は調理台にのせられたグラスを見て、ほうっと溜め息をついた。

「きれい」

ワイングラスが細長くなったようなフルートグラスの中には、光にかざすと金色に光る透明なゼリーの中に真っ赤ないちごと、白い球がいくつも浮いていた。空から降ってきたような、海に浮かんでいるような赤と白の水玉だった。

久美は荘介から手渡されたスプーンでいちごをすくう。ゼリーはふるふる揺れてとろりとこぼれていく。いちごはそんなゼリーをまとってつやつやと光る。久美はスプーンを口に入れた。

「美味しい……」

久美の頬にふわりと笑みが広がる。

「すうっとします。これは、薄荷《はっか》？　いちごの甘酸っぱさが引き立つっていうか、春の終わりの、夏が始まる予感みたいな」

久美は白い球もすくって口に入れた。目を閉じてゆっくりと噛みしめる。

「求肥、ですね。ぷるん、とろんとして。中になにか……そっと甘い、とろりとしたチーズのようなヨーグルトのような、なんだか、幼いころに食べた何かを思い出しそう。ううん、もしかしたらお母さんのお乳の味を思い出しているのかも」

久美が目を開くと、荘介は笑顔だった。

「求肥の中身は水切りヨーグルトと蘇《そ》を混ぜたものです。蘇は牛乳を煮詰めてできるものです。チーズに風味が似ていますが、ずっと甘みがあって濃厚です」

久美は頷く。

「いちごと蘇の甘みを生かすためにゼリーの甘みは最小限に抑えてあります。淡い金色にしたくてハチミツを使いました。それから薄荷は、ペパーミントのエッセンスをほんの少し。久美さんが言ったように初夏の空気を表したかった」

荘介は久美の瞳をしっかりと見つめた。

「僕が立ち止まってしまった、あの季節。あそこからすべてをやり直そうと思った。……僕は、美奈子が死んだあのときに立ち止まったままだと思っていた。けれどいつの間にか歩きだしていて、今、僕は自分がどこに立っているのかわからなくなってしまった」

荘介は自分の足元先をぼんやりと見下ろした。久美もその視線を追ったが、そこにあるのは厨房の明るい光から切り離された荘介自身の影だけだ。久美は立ちあがり、試食用のグラスを荘介に手渡す。

「荘介さん、ここに全部入ってました」

「えっ」

「荘介さんが今まで抱えていたもののすべてが。重いものも、嬉しいものも、悲しいものも、みんな全部、ここに詰まってました」

荘介は久美からスプーンを受け取り、ゼリーを口に運ぶ。

「ああ」

ため息のような一声を発し、荘介は静かに目を閉じた。

「そうですね。僕は今、このお菓子を作りたかった。作るべきだった。……このお菓子を作った道具は全部、美奈子のを使ったんだ」

「美奈子さんの……」

「美奈子が得意だったものを全部入れた。ゼリー寄せ、ころんとした求肥、水切りヨーグルトを和に応用すること、それから手間も時間もかかる蘇」

懐かしそうに美奈子の思い出を語る荘介を見て、久美は寂しそうに笑う。

「それと一番大事な、いちご。久美さんがいてくれたおかげで僕はあの事故の日のいちごを乗りこえることができた」

荘介は久美に手を伸ばし、その手を握る。

「久美さん、一緒にいちごを摘みに行ってくれてありがとう。これからも、この店にいてくれますか？」

「もちろんです」

荘介の体からほっと力が抜けた。久美は笑顔で荘介の手をきゅっと握る。

「そうだ、荘介さん。このお菓子の名前は？」

「アムリタ。甘露と訳される不老長寿の霊薬だそうだよ。おこがましいけれど、このお菓子を食べた人が少しでも幸せに一日を過ごしてくれたら、と思ってね」

久美はアムリタのグラスをそっとなでる。

「大丈夫ですよ。荘介さんの気持ち、このお菓子がちゃんと伝えてくれました。私今、幸せです。とっても幸せです」

荘介を見上げる久美の目は溢れる滴できらきらと光っていた。

「きっとみんな、このお菓子のこと大好きになります。美奈子さんの好きだったもの、荘介さんの思い、すべてきっと伝わります。だってこんなにきれいなんだもの、こんなに美味しいんだもの。私このお店に出会えてよかった。……荘介さんに会えてよかった」

荘介は、そっと笑った。

＊＊＊

翌朝、久美は店のドアに貼り紙をした。

『新作【アムリタ】新発売！』

腰に手をあて満足げに頷くと久美は店内に戻った。貼り紙を見た通りがかりの主婦が久美の背中を追うように店に入る。つられるように二人、三人と客がやってきて、店内のテーブルはすぐに満席になった。久美はカウンターの中で、とびっきりの笑顔を見せた。

美奈子の墓の前にアムリタが供えられたのはすっきりと晴れて風花が舞う日。

墓の前に膝を付き手を合わせていた荘介は、立ちあがり歩きだした。線香の煙は雪をかすめて空にすうっと上っていった。どこまでも、どこまでも上っていった。

（了）

【特別編】

祝いめでたの初春の

師走《しわす》の菓子店は大わらわだ。お歳暮用のお菓子、帰省のお土産用のお菓子、そして新年に向けた餅菓子の準備。

『万国菓子舗 お気に召すまま』は十二月いっぱい、無休で営業を続ける。正月菓子の予約や大人気になったアムリタの注文、それらに追い立てられた忙しさも一息ついた十二月三十日、この店の店主、村崎荘介は大量の枝垂《しだ》れ柳の枝を店に運び込んだ。

「どうしたんですか、荘介さん!? そんなに大量の枝!」

「餅花《もちばな》を作るんですよ」

驚き叫んだ久美に荘介は、その整った顔に満面の笑みを浮かべて答えた。久美はさらりとした髪を揺らして首をかしげる。

「餅花ってなんですか?」

「お正月の飾りで紅白の丸いものがついた枝を見たことないかな」

「あ、あります、スーパーで飾られてるのを見たことあります。でもあれって食べるものじゃないんですよね? なんでうちで作るんですか?」

「元々お餅で作るもので、飾ったあと、焼いて食べられるんですよ。これはお隣の花屋さんからの頼まれものです。仕入れ間違いで、急遽準備しないといけないらしくて」

「ああ『花日和《はなびより》』の。それでいくらで請け負ったんですか?」

荘介はますますにっこりと笑う。

「サービスでタダにしておきました」

「タダ⁉」

久美は目をむいた。

「この忙しい時期に無料で仕事を請けるなんて！　どうかしてます！」

荘介はけろりとして答える。

「お歳暮代わりですよ」

店主の言葉に久美はそれ以上反論できず、ただただ溜め息をついた。

枝垂れ柳を店の大きな花瓶に挿して、荘介は厨房に入った。餅米を準備して蒸し上げていく。客がいなくて暇な久美は店舗と厨房の間に立ち、荘介の仕事を眺めた。

つきたての餅のうち半分を薄く伸ばして冷まし、もう半分に食紅を混ぜてピンクに染めていく。ピンクに染まった餅も冷めたら、細く長い筒状に伸ばしていく。

「なんだかうどんみたいですね」

「うどんみたいに食べたら喉に詰まらせる恐れがあるね」

荘介は伸ばした白とピンクの餅を、粉を打った板にのせて店舗へ運びだす。

「まさか餅花を店の方で作るんですか？」

「うん。枝がしだれた状態で餅をつけなくちゃいけないけど、厨房には花瓶がないでしょう」

「花瓶を厨房に運べば……」

「こんな重いもの、僕の細腕じゃ無理です」

細腕、なんて言うわりに、三十キロの米袋をひょいと担ぐのだから力が弱いわけはない。

けれど今日は客が少ない。久美は荘介の好きにさせることにした。

荘介は店の隅にある狭い喫茶スペースに餅をのせた板を運び、花瓶に生けた枝に小さくちぎった餅を付けていく。白がすべて終わってからピンクに移った。白、ピンク、白、ピンクと交互につけていき、柳の枝は餅の重みで美しくしなった。

一本目の餅花が出来上がったとき、カランカランとドアベルを鳴らして常連の木内八重が入ってきた。茶道の師匠をしている八重はいつもどおりのピシッとした和服姿だ。

「いらっしゃいませ」

久美が元気よく出迎える。八重は出来上がった餅花を見て溜め息をついた。

「まあ、きれいな餅花。まるで梅が咲いているみたい」

荘介は八重に向かって嬉しそうに笑う。

「ありがとうございます。どんど焼きの火でも楽しめるように、しっかりついた餅ですよ」

「すてき。何本かいただこうかしら」

久美が慌てて横から口を出す。

「あの、これうちの商品じゃないんです。隣の『花日和』で販売するんです」

「あら、そうなのね。じゃああとでお隣に行かなくちゃ」

八重の言葉に久美は、お隣から宣伝費をもらいたいものだと心の中で密かにつぶやいた。

八重は久美に向き直るとにこやかに口を開いた。

「今日は予約に来たのよ。花びら餅を作っていただきたくて」

「花びら餅、ですか？」

首をかしげそうな久美の言葉をさえぎって荘介が軽く返事を返す。

「明日までにはご用意できます。いくつご入り用ですか」

「二十個いただけるかしら。明日、取りに参りますので」

「承知いたしました。美味しいものを作ってお待ちしています」

予約票を書き終わった八重が店を出ると、久美は荘介にたずねた。

「花びら餅ってなんですか？」

「求肥で赤い餅とゴボウ、白味噌餡を包んだ餅菓子だよ」

「ゴボウ!?　お菓子なのにゴボウですか!?　なんで!?」

「もともと花びら餅は宮中のおせち料理からできたと言われてるんだ。白味噌はお雑煮を、ゴボウは押し鮎という料理を表しているそうだよ」

「おせち料理だからお正月に食べるんですか？」

「そうだね。お茶事だと初釜の席で使われるんだけど、木内さんはお正月から使ってくれるんだね」

話しながらも荘介の手は止まらない。久美は首をひねってたずねる。

「ゴボウとお餅と味噌だけなら美味しそうですけど、やっぱり甘くするんでしょう？　美味しいんですか？」

荘介は微笑む。

「もちろん、美味しく作りますよ」

出来上がった餅花をお隣の花屋に納品してから、荘介は商店街までゴボウの仕入れに向かった。空気は冷たいが風はなく過ごしやすい陽気だ。

「いらっしゃい！　今日は金時にんじんのいいのが入ってるわよ！」

八百屋『由辰』の若主人、由岐絵は赤ん坊を背負った上からどてらを着るというなんとも昔懐かしいスタイルで店番をしていた。

「にんじんじゃなくてゴボウがほしいんだ」

「へえ、ゴボウ。荘介、ゴボウなんか料理できるの？」

「料理はしないよ。お菓子にするんだ」

「ああ、花びら餅ね」

荘介と幼稚園からの幼馴染みなだけあって由岐絵は言いたいことを言わずとも察してくれるところがある。今日も菓子に使いやすいようにと、やわらかいゴボウを選んでくれた。

「そうだ、鏡餅の注文ってまだ受けつけてる？」

「大丈夫だよ。例年どおり、手の平サイズだけどいい？」

「もちろん。荘介のとこのは美味しいから、たくさんあったら食べすぎる」

「もう若くないいんだしスタイル維持には気をつけないとね」

由岐絵はその豊満な胸を張り、ふふんと鼻から息を吹く。

「私は日々鍛えてますからね、荘介と違って。荘介こそお菓子の食べすぎで最近丸くなってきたんじゃない？」

ニヤリと笑う由岐絵の発言にショックを受け、荘介は自分の頬をなでる。いつもと変わらぬシャープさがある、まだ大丈夫とおそるおそる自身を鼓舞しながら帰路についた。

荘介は花びら餅を作り上げるのに、通常三日ほどかける。普通の菓子屋では二日で作るが、荘介はゴボウの蜜漬けにじっくりと時間をかけるのだ。しかし今回は予約日まで時間がない。二日間で作りあげることにした。

ゴボウを米ぬかで茹でてアク抜きする。それからもう一度真水から煮てやわらかくする。細く切り揃えたゴボウをキビ砂糖と水で作ったシロップに漬け、圧力鍋で煮ていく。短時間でゴボウに蜜を滲み込ませたら、鍋ごと翌日まで置いておく。同時に紅の菱餅を作る。小豆の渋で色付けし、薄く薄く伸ばしたピンクの餅を一晩寝かせる。

受け渡し当日、白麴味噌と白生餡、水、砂糖をとろ火で練る。ゴボウはザルに取り余分な蜜を切る。鍋を火にかけ羽二重粉と水、上白糖を練りあげる。固まったら打ち粉をした板の上で冷ます。

乾燥したピンクの餅を焼き色がつかないように焼きあげやわらかくする。冷ました羽二重を丸く型抜きし、餅、餡、ゴボウをのせ、半円状に折る。

「わあ、ピンクがうっすら透けてきれいですねえ。ほんとにお花みたい」

久美がしげしげと花びら餅を見ながら丁寧にお重に詰めていく。

「女性が好みそうな外観のお菓子だよね」

「お菓子はたいてい女性向けのデザインじゃないですか？」

「そうでもないと思うよ。麩《ふ》菓子なんかはデザインも何もない棒だしね」

「麩菓子ってなんですか？」

荘介は驚いて目を丸くする。

「小さい頃に駄菓子屋さんで食べなかった？」

「私の頃は駄菓子屋さんってありませんでしたよ」

「……久美さんって、平成生まれだっけ」

「はい、そうですよ？」

自分の年齢を重く感じて、荘介はおしゃべりを中断し、救いを求めるように花びら餅作りに没頭した。

店主が黙々と手を動かしたおかげで、花びら餅はあっという間に出来上がった。

「荘介さん、このお菓子って日持ちはどれくらいするんですか？」

「三日だね。本当は出来立てをその日に食べてもらいたいんだけど、うちは三十一日で店を閉めて正月休みに入るからね」

「そうでした！　明日からお休みなんでした！」

きゃっきゃとはしゃぐ久美に、荘介は小首をかしげて尋ねた。

「久美さんは、お休みの間、なにか予定があるんですか？」

「なーんにもないですよー」

　久美はくるりと回って両手を大きく広げてみせる。

「俺と太宰府へ初詣に行く予定を忘れてやしないか？」

　後ろから掛けられた声に振り向くと厨房の裏口から、斑目が入ってきたところだった。

「初詣は一人で熊野《くまの》道祖《どうそ》神社《じんじゃ》へいくんで。それと斑目さん、入るなら表から来てくださいって言ってるじゃないですか」

「なんかうまそうな匂いがしたから、引きよせられたんだよ。何作ってんだ？」

「花びら餅だよ。匂ってたのは味噌餡かな」

　斑目は日に焼けた腕を組み、大きな冷蔵庫にもたれかかって荘介に聞く。

「ほーん。誰か京都出身の御仁が居るんか」

　久美は首をひねりながら荘介に聞く。

「花びら餅と京都って何か関係があるんですか？」

　斑目は口を尖らせて久美に不服を表明する。

「久美ちゃん、なんで俺に聞かないわけ？」

「だって斑目さん、いっつも適当なことばっかり言うっちゃもん」

「俺は食い物のことでは適当は言わんぜ」

「なんでですか？」

「俺の仕事がフードライターだって忘れてるだろ？　仕事のことで適当なことを言う男は

いないよ」

久美は心底驚いたと言った風に口をぽかんと開けた。

「斑目さんがまともなこと言った……！」

「久美ちゃんは俺をなんだと思ってるのかな？」

二人がじゃれていると、店のドアがカランカランと音を立てた。久美が急いで厨房から飛び出していく。

「いらっしゃいませー」

木内八重が餅花の枝を何本も抱いてにこやかに立っていた。

「あ、餅花！　お買い上げいただけたんですね」

「ええ。今年も町内会がどんど焼きをするという話を聞いたから、そのときに子どもたちにあげようと思って」

どんど焼きは近所の神社で行われる。正月の書き初めやしめ縄を持ちより、たき火を焚くのだ。町内会の老人クラブが主催していて、毎年その縁起のいい火でさつまいもや里いもを焼いたりしている。

「餅花も焼いて食べるんですね、楽しそう！」

八重は声を潜めて久美の耳に口を近づける。

「あとね、こっそり鯛を焼いてみようかと思っているの」

久美も声を低めて返す。

「……鯛ですか。贅沢ですね」

「塩をしてホイル焼きにしようと思うの。久美ちゃんもぜひ食べに来てね」

「はい！」

「女性二人で秘密のお話ですか？　何のたくらみ？」

荘介がお重を抱えて厨房から出てきた。久美と八重は顔を見合わせてくすくす笑う。

「秘密です！」

「秘密のお話なのですから言えませんわ。あら、それ、私の花びら餅かしら？」

「はい。二十個出来上がっております」

荘介がお重の蓋を開けて見せると八重は覗きこんで目をキラキラと輝かせた。

「まあ、きれい。それに美味しそう。良かったわ、やっぱりこちらにお願いして。親戚が集まるの。きっとみんな喜ぶわ」

荘介は嬉しそうに頭を下げる。

「そうだわ、お土産用のお菓子もいただこうかしら」

八重は焼き菓子の詰め合わせを大箱で四つも買い、持ちきれない荷物を荘介が届けに行くことになった。店の配達用のバンに八重と荷物を乗せ、安全運転で走っていく。店の前で見送った久美が店内に戻ると、斑目がカウンターの中に入っていた。

「いらっしゃいませー」

裏声で出迎えた斑目を久美は半眼でじろりとにらむ。そのままの表情でイートインスペースの椅子に座りふんぞり返る。

「お茶」

わざと偉そうに顎を上げて言ってやったが、斑目は「はーい」などとノリノリでサービスの煎茶を二つ淹れて持ってきた。久美の前と自分の座る席に茶碗を置き「どうぞ召し上がれー」とニコニコ笑う。久美はお茶を一口すすり深い溜め息をついた。お茶が美味しい。なんだか負けた気分になる。久美はその苛立ちを視線に込めて斑目にぶつけた。

「斑目さん、ウエイトレス希望なら商店街の喫茶店で求人募集してましたよ」

「久美ちゃん、俺は君にだけサービスしたいんだよ」

「はいはい。それで、今日は何しに来たんですか？」

「今日で仕事納めだろ？　残り物の生菓子を食べて差し上げようと思ってな」

久美は呆れて口を大きく開けたが、思い直して壁の時計を見上げた。閉店まであと十五分。ショーケースの中にはまだぽつぽつと菓子が残っていた。

「しょうがないですね。お店閉めたら食べちゃってください」

「やった！　いくらでも食うぜ！　お、アムリタがあるじゃないか。あれはうまいよな。荘介の最高傑作だな」

久美は身を乗りだし、目を輝かせる。

「ですよね！　私、アムリタ大好きです」

斑目は不意に真面目な顔になって久美を見つめた。

「久美ちゃん、ありがとうな」

「え？　な、なんですか、斑目さん。急に真面目になっちゃって」

「荘介、もう大丈夫そうだな」

久美の目じりにゆっくりと涙が溜まった。久美が大きく頷いてみせると、斑目は、ぱっと表情を変えた。

「うっし。じゃあ、ひとつうまい菓子を食って良い年越しを……」

カランカランと音を立てて店の扉が開き『花日和』の店員、青山《あおやま》碧が入ってきた。

「あら、碧、いらっしゃいませー」

「こんにちは。あれ、斑目さんも来てたんですか」

「おう。元気にしてるか？」

「おかげさまで」

碧はにこりと笑ってショーケースに向き直ると、口の横に人差し指をあてて軽く首をかしげる。久美が真似して首をかしげながら碧に問う。

「今日はお買いもの？」

「うん。うちで忘年会するの。ケーキがあったら盛り上がるかなって思うんだけど……。ホールのケーキはないんだね」

「年末は予約がなかったら作らないのよ」

「残念。じゃあ、ここにあるお菓子、全部ください」

「え⁉」

「え⁉」

久美と斑目の声がきれいにハモった。斑目が思わず立ち上がったのを、久美が目線で留まらせる。

「ぜ、全部？　そんなにたくさん？」

「うん。十人くらい集まるから。みんな甘いもの好きだし」

「そ、そうなんだ……。毎度ありー」

碧が大きな箱を抱えて店から出ていくのを、斑目は悲しそうに見送った。そのあまりにもしゅんとした、雨に濡れたオカピのような様相に久美は同情して、冷凍庫からアイスを取りだし斑目の前に置いた。

「……久美ちゃん？」

「荘介さんの試作品ですけど、よかったら」

「え……、試作品ってことは久美ちゃんが食べる分だろ？」

「私、もう食べてますから大丈夫です」

斑目は目に涙を溜めた。

「久美ちゃん……。君はやっぱり俺の天使だ」

斑目は久美の手を握ろうとしたが、久美はするりと逃げていく。それにめげずに斑目は久美の後をついて回る。

「ただいま……。なにしてるの二人とも」

店の中をくるくるくるくるくるくる歩きまわる二人を見て、配達から帰った荘介が怪訝な顔をする。テーブルに置かれたアイスを見て、さらに怪訝な表情になる。

「アイスが溶けてるけど」

「ああ！　しまった！」

斑目がアイスに飛びつき、スプーンでかき混ぜる。暖房の効いた店内で、アイスはどろどろに溶けていた。

「荘介！　これまた冷凍してくれ！」

荘介は苦い顔をする。

「それ、本気で言ってる？　お菓子をだめにして、さらに凍らせるって……」

もともと色白な荘介の顔がますます蒼白と言えるほどに白くなり、その美しい顔が氷でできているかのように冷たくなる。初めて見る荘介の怒った顔を久美は啞然として見つめた。

「いや、悪い荘介。冗談、冗談です。食べます。このまま食べます」

荘介は腕組みして間近で斑目を監視した。斑目はアイスのグラスに口をつけ、ぐぐーっと飲み干す。

「あれ!?　うまい！　うまいぞ、これ」

「ええ!?　ほんとですか、斑目さん」

「老舗《しにせ》のミルクセーキの味がするぞ」

荘介は表情を和らげ、空になったアイスの器を斑目の手から受けとる。怒りは落ちついたようで、ちらと頬に笑みを見せる。

「アイスの原料は牛乳、砂糖、卵黄だからね。凍っていなければミルクセーキそのものなんだよ」

斑目は相好を崩す。

「なんだよ、溶けてもうまいんだったら先に言えよ」

荘介はまた目を吊り上げる。

「うちは菓子店なんだよね。喫茶店とは違ってミルクセーキは出さないんだよ」

再び慌てふためく斑目を、久美が横からフォローする。

「あ、でも牛乳瓶みたいなものに詰めて売ったら人気が出るかもしれませんよ」

荘介はふと真顔になって腕を組み片手で顎をさする。

「瓶入りミルクセーキ……。いいかもしれません、久美さん。さっそく案を練りましょう。使えそうな瓶を探して……」

「あのでも荘介さん、もう閉店時刻なんですけど」

「残業代とプラスでボーナスも出します」

「やります！」

厨房に入っていく二人の背中を見送りながら斑目は肩をすくめた。

「年末ぎりぎりまで働くって、二人ともお菓子バカだな。本当に」

そう言い置いて優しく笑いお茶を飲み干すと、斑目はカランカランとドアベルを鳴らして帰っていった。

あとがき

美味しいものが好きです。美味しいものを食べるのが好きで、美味しいものを作ってくれる人が好きです。お店でご飯を食べるときは、カウンター席に座って料理をしている方の手元をじっと見つめるのがなによりの楽しみです。

美味しいものを作る人はいつも真剣な目をしています。ときには厳しい目で炎を見つめ、ときには優しいまなざしで湯気の向こうを見ています。私はその視線の先を、いつも目で追ってしまうのです。

小さいころは鯛焼き屋さんの店先でお腹の中に餡を詰められ、くるくるひっくり返る鯛の雄姿を見守ったり、ソフトクリームが高く高く積まれていくのをわくわくしながら待っていたり。お菓子ができていく手元を見ることがとっても好きで魅力的で、いつまでもいつまでも見つめ続けていたいと思ったものです。

その手はいつか自分のものになって、ケーキ屋さんやご飯屋さんになるんだ、と思っていたのは遠い昔の話。とんでもなく不器用だと気付いたのは中学生になったころ。お菓子を作ろうと思ったら粉はまき散らすわ、泡立てればツノが立たないわ、クッキーは焦がすわ、もう大変。キッチンは大騒動になりました。

それでも手作りのお菓子は、不格好でも焦げていてもどこか優しくて、ついつい手が伸びてしまいます。

でもできることなら優しい手を持った誰かが作ってくれたお菓子を食べたい。それがほんとの、本音です。だから私はあちらこちらを歩いて回って美味しいものを探します。この本の中にあるお菓子たちみたいに誰かを待っているお菓子を、私だけを待ってくれているたった一つのお菓子を求めて。

不器用な私の手からはお菓子はなかなか出てきません。けれど美味しいお話は作りだせるかもしれない。もしかしたら、ひょっとしたら、誰かに美味しいを届けられるかもしれない、そう思って書いています。

美味しいものを食べたとき、人は幸せになれる。泣きたいときも怒っているときも、美味しいものがあればほんの少し元気が出て、ほんの少し落ち着いて、ほんの少し肩の力が抜ける。そんな時間を私の手からお届けしたくて、今日も荘介はお菓子を作って、久美はお店を開けています。

このお話が、読んでくださったあなたの、ほんの少しになれますように。

二〇一六年三月　溝口智子

この物語はフィクションです。
実在の人物、団体等とは一切関係がありません。
刊行にあたり『お仕事小説コン』グランプリ受賞作品、
『万国菓子舗　お気に召すまま』を加筆修正しました。

■参考文献

『大江戸美味草紙』杉浦日向子（新潮社文庫）
『WIKIBOOKS』 https://ja.wikibooks.org/wiki
『ケーキの寺子屋』 http://www1.accsnet.ne.jp/~terakoya/index.html
『大好き！マザーグース』 http://www2u.biglobe.ne.jp/~torisan/top.html

溝口智子先生へのファンレターの宛先

〒101-0003　東京都千代田区一ツ橋2-6-3　一ツ橋ビル2F
マイナビ出版　ファン文庫編集部
「溝口智子先生」係

万国菓子舗　お気に召すまま
～お菓子、なんでも承ります。～

2016年3月20日　初版第1刷発行

著　者　　溝口智子
発行者　　滝口直樹
編集　　水野亜里沙　佐野恵（有限会社マイストリート）
発行所　　株式会社マイナビ出版
〒101-0003　東京都千代田区一ツ橋2丁目6番3号　一ツ橋ビル2F
TEL 0480-38-6872（注文専用ダイヤル）
TEL 03-3556-2731（販売部）
TEL 03-3556-2733（編集部）
URL　http://book.mynavi.jp/

イラスト　　げみ
装　幀　　徳重甫＋ベイブリッジ・スタジオ
フォーマット　　ベイブリッジ・スタジオ
DTP　　株式会社エストール
印刷・製本　　図書印刷株式会社

ファン文庫

質屋からすのワケアリ帳簿　上

～大切なもの、引き取ります。～

持ち込まれる物はいわく付き？
物に宿った記憶を探る――

「質屋からす」に持ち込まれる物はいわく付き？
金目の物より客の大切なものが欲しいという妖しい店主・烏島の秘密とは…？　ダーク系ミステリー。

著者／南潔
イラスト／冬臣